U0733494

my LiTTLE PONY

小马宝莉之

友谊就是魔法

入侵的黑暗梦魇

[美]孩之宝著

伍美珍儿童文学工作室改编

浙江少年儿童出版社·杭州

和谐之元
魔法

紫悦

性别：女
种族：独角兽
→天角兽

紫悦的可爱标志是一颗洋红色六角星被五颗白色的小六角星包围着的印记。她在宇宙公主的天才皇家独角兽魔法学院就读，被宇宙公主派到小马谷，学习关于友谊的知识。紫悦勤奋好学，喜欢阅读，会很多强力魔法，个性非常认真负责，基本上不相信书以外的其他知识。

碧琪

性别：女
种族：陆马

和谐之元
乐观

碧琪的可爱标志是三只气球。她喜欢蹦蹦跳跳地走路，喜欢开派对，喜欢吃甜品，喜欢唱歌，喜欢交朋友，也喜欢恶作剧。她拥有神奇的第六感，每次有坏事要发生，她身上的一些部位就会开始发抖。她的价值观和大家不太一样，经常做些看上去有些神经兮兮的事情。碧琪最大的梦想就是让她所有的朋友发自内心地笑。

和谐之元
忠诚

云宝

性别：女
种族：飞马

云宝的可爱标志是一道彩虹闪电。她性格外向，勇敢、爱冒险，也爱和碧琪一起搞恶作剧。她具有所有飞马都会的技能——控制天气，而且很在行。云宝还很有飞行天赋，经常自创一些飞行特技，梦想就是加入闪电飞马队。她的必杀技是"彩虹音爆"。

柔柔

性别：女
种族：飞马

柔柔的可爱标志是三只粉色的蝴蝶。她外表柔弱，声音细嫩，害羞又胆小，是很美丽迷人的小马。她很擅长管理小动物，可以与各种各样的小动物沟通，并且可以指挥他们一起行动。她最宠爱的是小兔子安吉尔。柔柔的"凝视大法"能让很危险的动物失去气势。

苹果嘉儿

性别：女
种族：陆马

苹果嘉儿的可爱标志是三个苹果。她家有自己的甜苹果园，她很喜欢苹果，会做各种苹果料理，也很擅长运动。性格直爽干脆，勇敢可靠，对什么都很负责，不过有时候稍微有点倔强。她兴奋的时候会挥动前蹄，大喊："耶——哈！"

珍奇

性别：女
种族：独角兽

珍奇的可爱标志为三颗菱形蓝宝石。她是一位流行设计师，非常向往坎特洛特城，希望自己能嫁给贵族成为上流名马，拥有自己的服饰店。珍奇有洁癖，无法忍受凌乱或肮脏的事物。她总是能引领潮流，每时每刻都希望自己成为焦点。

目录

入侵的黑暗梦魇
可怕的阴谋

⭐1 集体噩梦周

天空中透着诡异的紫色，远处低低地飘着几大片长条形的云朵，蓝得不同寻常。

整个小马谷看上去没有一丝生机，四处是破败的房屋、枯萎的树。

在死一般的寂静中，一只小马正在逃命似的狂奔。

是紫悦！

"快停下！"紫悦一边拼命往前跑，一边回头喊，"不要靠近我！"她急得满头大汗。

就在紫悦的身后，一团浓烈的黑烟正在紧紧地追着她。

眼看那黑烟离她越来越近，越来越近……不好，紫悦快被那团黑烟吞进去了！

"不要啊！"紫悦瞪大眼睛拼命挥着蹄子，做着最后的挣扎，"滚开！滚开！"

"喔喔喔……"突然，一阵清脆的鸡鸣声响起，将她从黑烟的包围中解救了出来。

紫悦躺在床上，一身疲惫地睁开了眼睛。

原来刚才的一切只是场梦，一场可怕的噩梦！

穗龙也从自己的小被窝里坐了起来，美美地伸了个懒腰："早上好！紫悦！你睡得好吗？"

"不……好……"紫悦垂着布满血丝的眼睛，有气无力地回答。

"天哪，你又做噩梦了？"穗龙看着紫悦浓浓的黑眼圈，惊恐地捂住嘴，"你已经连续做了一个星期的噩梦了！"

可怜的紫悦毫无精神地起了床，从书架上找出一本书，又翻出一副墨镜架在鼻梁上，一脸疲惫地带着穗龙出了门。

小马谷的大街上还是那么热闹。买菜的、喝茶的、逛街的……大家看上去都很正常。

"肯定有什么办法能治一治噩梦！"紫悦一边走，一边用魔法悬空翻着书，专注地看着，"不是吧……书上怎么都没有治疗噩梦的方法呢？"

紫悦只顾着埋头看书，但一起走的穗龙却注意到了别的什么。

不远处的空中，好像有什么东西朝着他们飞了过来。穗龙瞪大眼睛仔细一瞧——是云宝！可是她怎么飞得歪歪扭扭的啊？

等她飞到跟前，穗龙这才发现——云宝正边飞边呼呼大睡呢！

　　"紫悦！当心啊！天上要掉'馅饼'啦！"穗龙着急地大声喊。

　　紫悦这才从书后面抬起头来，而隐约听到呼喊声的云宝也迷迷糊糊地醒了过来。可惜已经太迟了，她根本来不及避开紫悦！

　　"砰！"两只小马撞作一团，往前滚了好几米才停下，紫悦的书和墨镜早就飞到了天边。

　　"哎哟！我的屁股！好疼！"云宝疼得直叫唤。

　　好家伙，这下可真是撞得不轻，紫悦倒在地上，眼前直冒金星。她揉了揉额头，又甩了甩脑袋，总算清醒了一点。

　　云宝扇动着翅膀迅速起身，十分抱歉地说："对不起，紫悦！"

　　"没关系，云宝。是我太困了，没有注意到你。"紫悦爬起来，慢慢捡着她掉落的

东西，"我最近一直……"

"我这几天的状态一直不好，最近这一周我老是……"云宝也在同一时间开口解释道。

"做噩梦？"紫悦和云宝同时喊出了这三个字，惊讶地看向对方。

"吵什么呀？碧琪……呃，不对，紫悦……不好意思，我最近脑子不太好使……"苹果嘉儿的声音从一边插了进来。

紫悦、云宝和穗龙朝旁边一看，只见苹果嘉儿驼着背，无精打采地走了过来，同行的珍奇和柔柔看上去也很没精神。

珍奇戴着一副大墨镜，脖子上还裹着一条围巾。而柔柔愁眉苦脸的，不知道又在为什么事发愁。

奇怪，怎么大家都是一副疲惫的样子？

"我都没脸见你们了，我这黑眼圈……哎……"珍奇推了推墨镜。原来她是用墨镜在遮黑眼圈啊！

"我不行了……天天做噩梦……"苹果嘉儿有气无力地站在那儿，四条腿抖啊抖的。

柔柔也闭上眼睛，喃喃地说："我也是……好可怕……好可……"说到一半，她差点睡过去了。

这可就奇怪了，如果是一两只小马做噩梦，倒也罢了。可是大家竟然不约而同地每天被噩梦缠身，一定有什么古怪！

穗龙倒是每天都睡得很香，他认真地建议说："我看，大家需要一起好好睡个觉，这事儿，我们得找碧琪帮忙！"

好主意！一直超级乐天的碧琪，恐怕这辈子都没有做过噩梦吧？今晚就去碧琪家来个"睡觉派对"吧！

⭐ 2 碧琪的 "沉睡大派对"

当小马谷被黑沉沉的夜再度包裹时，五只小马和穗龙按照约定来到了碧琪家。

"欢迎大家来到我的'沉睡大派对'！"碧琪兴奋地张开蹄子，在门口热情地迎接大家。

紫悦她们一走进门，就看到房子里早已被碧琪装饰好了：一条长长的粉色条幅挂在了她家客厅的墙上，两边装饰着紫色的蝴蝶结，上面写着黑色的花体字——"美梦"。碧琪还在地上铺了好几张柔软的毛毯，在上面躺着一定很舒服。

"沉睡大派对"看上去很像那么回事儿！

派对开始了。这次派对的目标是——全员享受大大的美梦！

苹果嘉儿裹着软软的毯子，打了个大大的哈欠。"沉睡派对"的确是个好名字，她现在就想睡觉了。

紫悦绝对是整个小马谷最有研究精神的小马，她从家里带了几本书过来，继续研究治疗噩梦的方法。

碧琪抱起她的宠物小鳄鱼——噶米，宠溺地亲了亲，然后又拿起两个枕头，把脑袋夹在了枕头里，故意把嗓音变得尖尖细细的，说："咱们一起度过一个愉快的夜晚，这样肯定能把那些奇奇怪怪的梦全部赶走！对不对，云宝？"

"当然！必须的！"此刻，一向不爱打扮的云宝脸上居然敷着面膜，眼睛上还贴着两片黄瓜。

珍奇当然不会放过打理鬃毛的好时机。她在头上盘满了卷发器，正哼着歌，低着头，认真地帮云宝修剪着一只蹄子。

而柔柔坐在那里什么都没做，她选择当一个安安静静的女孩子。

突然，碧琪大喊一声："枕头大战！"随后，云宝的脸"啪"的被一个枕头击中了。

"啊哈！枕头大战！我喜欢！"云宝瞬间抹干净脸上的面膜，调皮地一笑，"碧琪，你完蛋了！"

碧琪和云宝互相扔着枕头，四处逃窜。

于是，房间里开始下羽毛了。她们还打翻了珍奇的面膜泥，把面膜泥溅得到处都是。

整个房间眨眼间乱成一团，惨不忍睹……

珍奇无奈地扶了扶额头，不忍直视眼前的混乱。

苹果嘉儿倒没多大反应，她从刚才开始就困得不行了，现在，她整理了一下自己的枕头，准备睡觉。

柔柔惊恐地"观赏"着云宝和碧琪惊险的战斗，又看了看小被窝里早已打着呼噜的穗龙，弱弱地自言自语："是不是睡前要做做运动，我们才会睡得像穗龙一样香？"

嗯，能不能睡得香，马上就可以见分晓了。

很快，夜更深了，大家熄了灯，钻进了各自的被窝里，头挨着头，靠在一起围成了一个圈。

"明天早上见，各位。"柔柔枕着一只蹄子，温柔地说。

"好梦！"爱美的珍奇早就戴好了美容眼罩，随时准备入睡。

"希望我们今晚能睡个好觉，大家晚安！"紫悦也闭上了眼睛。

"晚……安……"苹果嘉儿打了个哈欠。

"晚安！"云宝用被子蒙住头，大有狂睡一场的架势。

"晚安，紫悦！还有珍奇，还有柔柔！

还有苹果嘉儿、穗龙，还有我的枕头！"碧琪的兴奋劲儿还没完，她躺在被窝里，举着一只蹄子继续碎碎念着，"对了，还有云宝！晚安！小马谷所有的小马！"

六只小马伴随着沉静的夜，纷纷进入了梦乡。

而窗外，一轮又大又圆的月亮高高地悬在天上，几缕诡异的黑烟从月亮上飘了出来。

3 可怕的梦

诡异的黑烟顺着月光轻轻地下沉，慢慢地离碧琪家越来越近。

它从窗户的缝隙里渗了进来，飘散在刚刚结束"沉睡大派对"的客厅里，飘散在已经熟睡的小马们的周围。

　　小马们虽然睡着了，但表情似乎非常痛苦，她们的双眼紧闭，额头上都滚着豆大的汗珠。

　　黑烟成功接触了小马，滑进了大家的耳朵里，进入了她们的梦境。

　　紫悦的梦境里，她正在坎特洛特皇家城堡里向宇宙公主汇报工作，可是面前的宇宙公主却不像往常那样亲切友善了。

　　宇宙公主的表情愤怒而坚决，她大声地宣布道："紫悦，你已经被小马利亚除名了，现在我要驱逐你！"

　　紫悦难以相信眼前的一切，却又不得不听从宇宙公主的命令。她垂着头，绝望地离开城堡大殿……

　　苹果嘉儿的梦境一样糟糕。梦里，她家的甜苹果园一片荒芜，每棵苹果树都枯了，再也结不出一个苹果。

　　她的妹妹苹果丽丽饿得瘫倒在地上，

家族里所有的亲人都怨恨地看向她。

她委屈又无力地辩解着："我真的已经很努力地拯救苹果园了……对不起……我无能为力……"

温柔善良的柔柔也遭遇了灾难般的梦。在她的梦里，原本最喜欢和她亲近的小动物们通通惊恐地逃离了她，她再也得不到它们的喜爱了……

云宝的梦里，她的一只翅膀折断了，她再也飞不起来了！她只能悲伤地看着闪电飞马队在天空中自由翱翔。要知道，对于一只酷爱飞翔的飞马来说，失去了一只翅膀是多么痛苦的事！

而平日里最能给大家带来欢乐的碧琪在梦里也遇到麻烦了。梦中的她，无论在舞台上表演什么拿手好戏，都得不到观众们的一丁点儿笑声，甚至有小马开始打起了哈欠。

碧琪在台上尴尬地挤出一丝苦笑："怎么了，这些不好笑吗……"

这可是碧琪的表演啊，最会逗乐的碧琪！

而比这些梦境都要糟糕的是珍奇的梦。

梦里的珍奇花了好多心思，终于帮紫悦做好了一个漂亮的新包，包的款式简洁大方、新潮时尚。

可是当珍奇把新包展示给紫悦看时，紫悦的脸上却是满满的厌恶。

"太丑了，我不要了！"紫悦扭头，甩开蹄子，离开了珍奇的服装店。

珍奇受伤地看着紫悦毫不留恋的背影，小声嘀咕着："可是……这是我特意为你做的呀……"

当她跟着紫悦走到外面时，却发现紫悦正背着一个闪闪发亮的新包，她的身边围着苹果嘉儿、云宝和碧琪，还有一只陌生的小马。

"那是她们的新朋友吗？"珍奇忍不住想道。

"天哪，这个包好漂亮啊！"云宝大声赞叹。

紫悦背着新包得意地转了两圈，又对那只陌生的小马说："梅贝尔，你的手艺太棒了，谢谢你！"

而珍奇在一旁默不作声地观察着这一切，她看到紫悦的新包上还绣上了她的名字，可是写的却不是"紫悦"，而是"紫锐"。

"她连你的名字都写错了啊……"珍奇不甘心地出声。

可是没有小马理会她，她的四周突然被浓浓的黑烟包裹了起来，所有的朋友都站在黑烟的另一端，离她越来越远。

"我们不需要珍奇了！"

"永远都不需要了！"

珍奇感到非常害怕，她苦苦哀求道："求求你们了，不要抛下我，你们要我做什么都行……"

可朋友们并不领情，她们高昂着头，绝情地离开了。

⭐4　珍奇被带走了

梦境中的珍奇跟在朋友们身后追着……追着……终于一个跟头扑倒在了地上。

而现实中的珍奇也突然大叫了一声："啊！"

这一叫惊醒了所有睡梦中的伙伴，连睡得最香的穗龙也醒了过来。

"发生什么事了啊？"穗龙打着哈欠

迷迷糊糊地问道。

大家揉揉眼睛，看清了身边的一幕——天哪！

只见一股强大的黑色旋涡风暴正在袭击珍奇，似乎马上就要把她吞进去了！

珍奇被这股强大的力量吸引着，浮在了半空中，她惊慌失措地拼命挣扎："救我，谁来救救我！"

"珍奇！"穗龙不会飞，踮起脚也够不着半空中的珍奇，他急得满头大汗。

碧琪突然举着捕虫网从角落一跃而起："看招！你这讨厌的黑风暴！"

然而捕虫网什么也没拦下，珍奇就这么被旋涡风暴带走了！

大家追出了房门，看着那股风暴又化为黑烟，往月亮的方向飘了过去。而那原本光洁明亮的月亮，不知道什么时候也被黑色侵蚀了一小部分。

"珍奇是要被带到月亮上去吗?"苹果嘉儿震惊地问。

"云宝,你会飞,快去救救珍奇!"紫悦指着空中不远处的黑烟,急忙指挥。她又转过头看向柔柔:"你也一起去吧,柔柔。"

云宝展开翅膀,做出冲刺的准备:"我来了!"

"出发!"柔柔这次也勇敢地行动了起来。

云宝"呼哧"一声急速冲向了月亮的方向,柔柔奋力跟了上去。

"快放开我,你这妖怪!"飞了一会儿,不远处传来了珍奇的声音。

云宝定睛一看,果然是珍奇和黑烟怪,就在她前面一点儿。

"坚持住,珍奇!我来救你了!"云宝喊道,她加快速度,赶上了黑烟怪。

"珍奇,别怕!"云宝伸出蹄子,想要

抓住珍奇。

"云宝救我！"珍奇也努力将蹄子伸出去，想抓住云宝。眼看她们的蹄子就要钩在一起了……

"嘭！"黑烟怪突然猛烈地撞向了云宝，把云宝撞得在空中连翻了好几个跟头。

云宝再次拼尽全力追了上去，向珍奇伸出蹄子，可是"噗"的一声，那黑烟带着珍奇突然凭空消失了！

"咦，珍奇呢？"云宝被眼前的这一幕弄晕了，她在空中来来回回地飞，找了一遍又一遍。

可是珍奇真的，确实，完完全全地凭空消失了。

此刻，一向不擅长飞翔的柔柔也终于气喘吁吁地赶到了，虽然她来得一点儿也不及时。

"珍奇呢？黑烟把珍奇带去哪儿了？"

"跟我来，'大慢牛'。"云宝拉着柔柔的一只蹄子，往回去的路上飞。

情况看上去有点麻烦，得先回去告诉紫悦她们，再好好商量个办法。

5 宇宙公主和月亮公主来了

云宝和柔柔回到了紫悦的住处。紫悦他们正在那里焦急地等待着。

云宝把发生的事仔仔细细地告诉了大家，这下可引起了轩然大波。

一直默默喜欢珍奇的穗龙尤其接受不了这个消息。

"这不可能！不可能！不可能！"穗龙的眼泪"噼噼啪啪"直往外掉，"珍奇……珍奇……怎么会……"

苹果嘉儿和柔柔也难过地垂着头。

"我正在给宇宙公主写信，希望她知道究竟是怎么回事。"紫悦在卷轴上飞快地写着信。

写好信后，她将卷轴递给了穗龙。穗龙只要喷出一口绿火将卷轴烧掉，信就送到了。

碧琪摸着下巴在认真地想着什么："那股黑烟看起来有点儿眼熟啊……"

"说到黑烟……对了，我的梦里也有那些黑烟！"苹果嘉儿被碧琪的话点醒。

"我也看到过。"柔柔也表示赞同。

"我也是！"紫悦惊讶地举起了一只蹄子，"也就是说，这些东西应该跟我们的噩梦有关！"

"等等，你的意思是……这些恶心的黑烟钻进了我们的脑子里，让我们做了噩梦？"云宝指了指脑袋，一脸的不相信。

"啊啊啊！吃脑子的僵尸烟！"碧琪被吓到了，她冲到苹果嘉儿身边，整个身子都挂在了她身上，脸也挤了上去，苹果嘉儿的脸都被她挤肿了。

"那我们该怎么办呢？"柔柔担心地问。

"月亮公主！"紫悦突然醒悟过来，"她是负责守护梦境的公主，而且她曾经化身梦魇之月掌管噩梦！她肯定能帮我们解读噩梦，找到珍奇！"

紫悦说完就开始翻找新的卷轴，打算再写一封信给月亮公主："月亮公主是我们唯一的希望了。"

"那为什么不当面问她呢！"碧琪一脸兴奋地望向了门口。

此刻，门口驾临的正是宇宙公主和月亮公主！

"宇宙公主！月亮公主！"小马们激动地叫起来，连穗龙也忘记哭了。

"我们接到信件，便马上赶来了。我

想，我妹妹应该能为你们解答噩梦的事。"宇宙公主瞥了身边的月亮公主一眼，温柔地说。

而月亮公主在一旁默不作声。

苹果嘉儿和云宝按捺不住了，首先扑到了月亮公主的面前。

"我们的噩梦到底是怎么回事啊？"苹果嘉儿迫不及待想知道答案了。

"更重要的是，我们怎么才能找回珍奇啊？"云宝急切地问道。

月亮公主被这架势吓得后退了一步，她将脸撇向一边，有些无奈地说："实际上，我也不能完全解答你们的问题。"

"但您是梦境的守护者，您肯定知道得比我们多，对不对？"紫悦一脸诚恳地走上前。

"我想，是邪恶的力量把珍奇带入了黑暗梦境。"月亮公主皱着眉头，仿佛陷入了沉思。

听了这句话，小马们都震惊了。

"为什么啊？到底是什么样的邪恶力量？"紫悦目瞪口呆地问。

云宝更急了："我们不要在这里浪费时间了，快去把珍奇救回来吧！"她张开翅膀，随时准备一飞冲天。

月亮公主挡在了云宝的面前："这可没那么简单，我们还不知道它们的阴谋……"

6 梦魇的可怕阴谋

这时，柔柔默默地靠近月亮公主，轻声问道："月亮公主，恕我直言……我想

……您似乎有什么事情瞒着我们……"

"这，这要从何说起……"月亮公主再次为难地撇过头去。

"把事情告诉她们吧，这些都是值得信任的小马。"宇宙公主落在月亮公主身上的眼神有些严肃。

"就是啊，没关系的，月亮公主。我们都是您的朋友，您不必担心或者害怕。"柔柔的声音软软的，说出的话总是那么贴心。

"谢谢你，柔柔！曾经，我被梦魇蛊惑。在那段时间里，我以为可以散布恐惧来统治整个小马利亚，让大家都臣服于我。梦魇似乎知道我的想法，它们在对我灌输力量的同时，也对我灌输了仇恨。"月亮公主满怀愧疚地闭

上眼睛，垂下头，继续说道，"当和谐之元将我从诅咒中解放出来的时候，我以为梦魇的力量会随之消失……但是，我错了……传说，梦魇通过月亮的盈亏来收集力量，一旦收集满了力量，它们就会开始新一次的入侵。"

原来这么严重！

云宝"啪"地一拍蹄子："那我们必须马上行动！不能再等了！"

"可是我们要怎么做？"紫悦摊开一只蹄子。一向主意最多的她，此刻也毫无办法。

"竭尽我们所能，找到珍奇，然后打败那个什么梦魇……让它滚回老家！"云宝无畏地说。

可是其他小马都十分犹豫，她们朝月亮公主身边围了过去——事情来得太突然，还有很多事情毫无头绪。

"它们为什么专门袭击我们呢？"苹果

嘉儿想不明白，为什么遭遇攻击的偏偏是她们几个。

月亮公主的脑海里浮现出被梦魇控制的可怕样子，惊得她一身冷汗。她使劲甩了甩头，把可怕的景象从脑子里甩了出去，答道："你们六只小马是和谐之元的化身，也是能够击败梦魇的小马。这就是你们成为目标的原因……它们要摧毁你们，还有你们的家园……"

"小马谷?"大家都惊叫出声。

这才是梦魇的邪恶阴谋！噩梦只是一个开始！现在，整个小马谷危在旦夕！

⭐1 团结勇敢的小马

大家都等不及要行动了！

"我们要把珍奇救回来，赶紧动身，越快越好!"苹果嘉儿跺了跺蹄子，做好了出发的准备。

"你们等等!"月亮公主见她们这么着急行动，连忙喊道，"为了你们的安全着想，我得先亲自去一趟黑暗梦境调查一番。梦魇知道你们害怕的事，清楚你们的弱点，会利用你们的弱点来攻击大家。我不允许普通的小马去那里!"

"普通的小马?"云宝回过头，"抱歉，公主，我们可不是普通的小马!"

"如果战胜梦魇才能救回我们的朋友，那我们必须去做!"紫悦也站到月亮公主的面前，表现出了勇敢无畏的样子。

"说得对!"碧琪跳起来举起蹄子，表示非常赞成。穗龙站在一边也振奋起精神，握紧了拳头。

"嗯……"胆子最小的柔柔虽然颤抖着靠在了紫悦的身旁，但是也勇敢地站了出来，表示同意。

"你应该带上她们，妹妹。不要小看和谐之元的力量，她们曾经把你从梦魇之月中解救出来，也一定能救出珍奇。"宇宙公主给了月亮公主一个坚定的眼神。

"但是……小马谷怎么办呢？"月亮公主还是感到有些为难。

"我会留在这里保护小马谷，你们放心去解救珍奇，阻止梦魇的进攻。"宇宙公主下令道。

这时，柔柔颤颤巍巍地举起了蹄子："可是，我们五只小马和一条小龙要怎么去月亮上呢？"

"我倒有个主意！"快脑筋的云宝自信地说，"我们先找到一把'放大射线枪'，然后把我放大，我就能带着你们飞到月亮上去了！再然后我们就把那些黑暗梦境，还有梦魇什么的全部踩成土豆片！"

宇宙公主听了云宝的主意，忍不住笑了，她调皮地眨了下左眼："我有办法！"

月亮公主的表情有些凝重："希望你们的朋友珍奇足够勇敢，不要让梦魇腐蚀了她全部的心智。"

"珍奇身强力壮，完全不用担心！"碧琪突然变出一身啦啦队员的小裙子，拿着两束啦啦花跳起舞来。

"碧琪说得没错，珍奇不想做的事，谁也说不动她，她可倔强了！"苹果嘉儿肯定道。

"不知道珍奇的意志能坚持多久，我们该出发了。"月亮公主走到了前头。

"来吧，伙伴们！"紫悦这下充满了自信，她再次举起蹄子，"为了珍奇，我们必须要变得更勇敢！"

出发吧！大家已经准备完毕，就等着踏上拯救珍奇的旅程！

与此同时，月亮上的黑暗梦境里，被

掳走的珍奇正遭遇着可怕的灾难。

"哈哈哈……啊哈哈哈……"黑漆漆的大殿中央，珍奇被绑在柱子上。一团团梦魇将她包围起来，挠着她的痒痒。啊呀啊呀，实在太痒了，她仰着头闭着眼睛，大声笑着，根本停不下来。

"不可怕！一点也不可怕！"珍奇咬着牙说，"你们就只有这点本事吗？我看你们还是快快现身，把我送回小马谷吧！"

梦魇们并不理会她的要求，它们"嗖嗖"地从她眼前飞快地掠过，由乌云变成黑雾，又幻化出各种各样的形态。不消片刻，珍奇就被一群尖牙利爪的怪兽幻影给包围了，一双双碧绿的眼睛在黑暗中发着光，盯得她毛骨悚然。

它们究竟要如何处置珍奇？

入侵的黑暗梦魇

逃离噩梦陷阱

⭐1 艰难的奔月之旅

小马谷的一处山坡上，紫悦一行小马正在匆忙地做着奔月之行的准备工作。

这块山坡离月亮很近，又大又圆的月亮看上去伸手就能摸到。

"希望珍奇没事……"柔柔难过地仰头看着月亮说。被绑架到黑暗梦境……真是想想都可怕！珍奇会不会正深陷在噩梦中受苦呢？

紫悦伸出蹄子轻轻拍拍柔柔的后背，安慰道："别担心，柔柔。咱们马上就能把珍奇救回来。"

一旁，苹果嘉儿按照宇宙公主的吩咐，编织好了一根黄色草绳。

云宝扇着翅膀停在空中，满腹狐疑地看着地上丑丑的草绳。

"这根草绳能有什么用啊，看上去普普通通的……"苹果嘉儿倒是说出了云宝的疑惑。

"等着看吧！"紫悦走了过来，她仿佛早已掌握了其中的奥妙。

宇宙公主不禁笑了，她解释道："绳子结合月亮公主的月之魔力，就可以让你们到月亮的旅途缩短。"

说完，宇宙公主闭上了双眼，她的独角开始射出金黄色的魔法之光。那束光将草绳包裹起来，原本普普通通的草绳突然变得很结实，向着月亮的方向猛长起来。

小马们目瞪口呆地看着那草绳一直升到了月亮上！

"小心。"月亮公主轻轻嘱咐一声，也

施展起了魔法。

她的独角对着草绳发出了幽蓝的魔法之光，不一会儿，草绳居然把月亮向她们拉近了。可这个过程并不轻松，月亮上那股对抗的力量太强大了，月亮公主的额头沁出了汗珠。

"我们帮您，月亮公主！"小马们见状，急忙上前抓紧草绳，齐心协力向后拉。身为独角兽的紫悦加入了施法的队伍。

"大家集中能量！"宇宙公主的魔法角射出了更强大的魔法光束。

眼看月亮已经越来越近了，她们离成功就差最后一点儿了！

"让我们火力全开！"碧琪不知什么时候跳离了拉绳子的队伍，她绑着白头巾，开始在一旁敲鼓助威，"加油，小马们！加油！加油！加加油！"她脸上的表情比拉绳子的时候还认真。

正当大家拉得起劲的时候，绳子上那股反抗的拖拽力突然消失了，月亮已经被拉到了山坡的正上方！真的是月亮！硕大的，发着微微蓝白光的月亮！

"做得不错，小马们，祝你们好运！现在我要去守护小马谷了。"宇宙公主把草绳紧紧地绕在了树桩上，还打上了死结，"没有翅膀的小马可要小心一点。"

"哇哦！"飞在空中的云宝兴奋地回应道。

"好的，没问题！"紫悦也开心地回应。

"你们确定要跟我来吗？在黑暗梦境中，梦魇还是会利用你们的噩梦攻击你们。"要出发了，月亮公主的担忧并没有减少。

"只要我们在一起，和谐之元就能帮助我们渡过难关！"紫悦自信满满，同时朝旁边的苹果嘉儿伸出了一只蹄子。

苹果嘉儿与紫悦默契地击了掌，说："只要能救出珍奇，任何困难都不怕！"

"希望来得及救出珍奇。"月亮公主喃喃着走到了宇宙公主身边，姐妹俩的脑袋亲密地靠在了一起，做着旅途前的告别。

而紫悦她们，已经迫不及待地踏上了旅途的第一步——像走钢丝一样走草绳。

"来吧，伙伴们！我们出发！"紫悦率先走上了草绳，她的脸上有着能征服所有危险的自信，"跟上，伙伴们。现在，我们的一小步，可是整个小马种族的一大步！"

碧琪觉得眼前的月光太刺眼，早已戴好墨镜。走钢丝对于她来说可是小事一桩，毕竟

她总有各种稀奇古怪的技能。

苹果嘉儿的草绳挑战就没那么轻松了。她保持着十万分的紧张状态，每走一步都不断地提醒着自己："保持向前看……呃，万丈深渊……不不不，我没看见，我没看见……"

云宝在空中飞得自由轻松，当她看到苹果嘉儿紧张的样子，忍不住开口道："你干吗这么紧张啊，这多好玩儿啊！"

"真是站着说话不腰疼。"苹果嘉儿目不斜视，瞪大眼睛看向前方。

碧琪就放松多了，她已经在草绳上尝试了各种造型，一会儿把身子扭过来，一会儿把头转过去，玩得不亦乐乎，像是在杂技团表演特技呢！

"听说在太空里，你就算叫破嗓子，人家也听不到！"她摇摆着两只蹄子，兴奋地说，"那是个叫天天不应，叫地地不灵的地方！"

"你、你别吓唬我。"在她身旁缓慢飞行的柔柔紧张地闭上了眼睛。

苹果嘉儿除了担心自己脚下的路，还得担心她身后的穗龙，因为穗龙这回可并不是轻装上阵。

"穗龙，你确定你这一身能派上用场？"苹果嘉儿担忧地开口。

"我……我得做好万全准备！珍奇……等着我去营救呢！"穗龙迈着吃力的步伐，大口地喘着气说。

"但是这一全套盔甲……你不觉得太重了吗？"

原来穗龙为了救珍奇，特地穿上了一身威武漂亮的盔甲，两只手上还分别拿着盾牌和宝剑，确实有点儿骑士的样子。

"不不，一点儿都不重！"穗龙反驳道，"你看，我还能跳呢！"

穗龙毫不迟疑地带着一身盔甲起跳，可落下时，他却压断了绷直的草绳！

一瞬间，正走在草绳上的小马们纷纷往下坠落，柔柔吓得大声尖叫起来。穗龙的一身装备也掉了下去。

此刻的这一幕非常惊险，因为所有的小马都"悬"在了空中。

最上面的是长有翅膀的云宝、柔柔和月亮公主，云宝和柔柔一起拉住了碧琪的两只蹄子，月亮公主则拽住了苹果嘉儿。再往下是抱着碧琪大腿的紫悦，苹果嘉儿则紧紧地抓住紫悦的一只蹄子不放松。而最最下面的，是一只手揪着紫悦尾巴的穗龙，他的另一只手里还捏着一颗硕大的红宝石——那红宝石原本是挂在穗龙脖子上的，在混乱中掉了出来。

就这样，三只长着翅膀的飞马辛苦地维持着这个艰难的姿势。

"穗龙，快……快抓住我的腿！"紫悦十分艰难地开口说道。

"可是红宝石……是要送给珍奇的！"穗龙不愿意腾出那只拿着红宝石的手。

眼看着穗龙快要抓不住紫悦的尾巴，紫悦急了："穗龙，别管它了！"

渐渐地，穗龙的手没劲儿了，再也捏不住那颗红宝石。红宝石从穗龙的手里滑了下去。

"不！"穗龙痛心疾首地喊道，想要伸手去抓。

紫悦眼疾手快地抓住了穗龙的胳膊。

眼看大家都快坚持不住了，月亮公主施展的月之魔法终于起了作用，接住了大家，当然也包括那颗漂亮的红宝石。

呼！他们总算平安降落在了月亮上。

★2 被梦魇包围的小马们

月亮上出奇的黑，伸手不见五指。在一大团一大团的漆黑中，只有小马们炯炯有神的眼睛泛着光。

"这里好黑啊，我们要怎么去找珍奇呢？"不知谁问了一句。

"交给我来处理吧！"也不知是谁这么回答道。

然后，在一道幽蓝和浅紫交杂的光照下，四周便亮了起来。原来是月亮公主和紫悦用魔法点亮了自己的角。

"还真是黑啊！"当大家借着亮光打量周围的环境时，碧琪却突然来了这么一句。

"你把墨镜取下来就不黑了。"云宝抚

着额头无奈地说道。

"哈哈哈，我忘了我还戴着墨镜。"碧琪赶快摘下自己的墨镜。

"没时间说笑了，我们动作要快，它们肯定知道我们来了。"月亮公主表情严肃地说。

"'它们'到底是谁?"紫悦好奇地问。

"当黑暗梦境中的能量出现时，它们会需要一个载体。"月亮公主顿了顿，接着说，"原本生活在这里的动物就会变成它们的牺牲品，被囚禁在法术中。"

"啊?"善良的柔柔听到这里惊讶得捂住了嘴巴，"那些可爱的小动物后来怎么样了?"

"它们再也不可爱了……"月亮公主幽幽地说。

云宝和柔柔互相看了一眼，都忍不住打起了哆嗦。

而此刻，在黑暗梦境的大殿里，珍奇还在和丑陋的梦魇们紧张地谈判着。

"我们已经说得很清楚了……我们要你留下来。"一个闪着血红色眼睛的梦魇步步逼近。

"说真的,我觉得你们这里应该重新装潢一下。"珍奇昂起头,傲气地说,"现在的装潢品位实在太差了,我绝对不会住在这里的,小马谷才是我的家!"

有着血红色眼睛的梦魇凑得更近了:"我们知道,你很乐于助人,对不对?"

"你还是乖乖听梦影大人的话比较好!"旁边的梦魇起哄道。

原来这位梦影大人就是头头儿啊。它凑到珍奇的面前:"没有你,我们的存在就没有意义了,你的帮助会拯救我们。"

"不行,我的朋友们需要我!"珍奇皱起眉头,严厉地拒绝。

"她们?哼……"梦影大人冷笑着说,

"如果来了新的时尚小马，她们还会记得你吗？"

如果有小马能替代她……大家还会需要她吗？珍奇瞬间回想起了她之前的噩梦，这让她动摇了。

"我的朋友们不会忘记我的……不会的吧？"珍奇犹豫地问出声。

梦影大人毫不犹豫地给出最后一击："留在这里陪我们吧！我们会永远记得你的贡献！"

"你永远不会被忘记……"其他梦魇们纷纷附和。

梦影大人突然化为一股黑烟，钻入了珍奇的脑中。珍奇渐渐被黑烟包裹起来，快被吞噬了！

"你可以比以前的自己更伟大……你难道不想吗？"梦影大人的声音占据了珍奇的整个脑海……

而紫悦她们，还在寻找珍奇的路上跋涉着。

紫悦和月亮公主一个走在队伍的前面，一个走在队伍的末尾，刚好给小马们带来了足够的亮光。

"别害怕，柔柔。我们来玩个游戏吧！"碧琪兴奋地蹦跳着，"看谁眼力好，先找到黑色的东西！"

一向胆小的柔柔缩着脖子，一边回头看一边轻轻地答道："是不是那片，看起来像是影子的东西……"

"找到啦！"早已振奋起精神的穗龙为柔柔喝彩道，"是不是呀，碧琪？"

保持低空飞行的云宝听了碧琪的游戏内容，忍不住翻了个白眼："我们周围到处都是黑的，好吗？"

"嘘！别说话！"一直走在队伍前面领路的紫悦突然发话，"你们有没有觉得有谁在盯着我们？"

"什么？哪儿？谁？"紧跟在她身后的苹果嘉儿不安地左右看了看，紧张地问。

"我的直觉告诉我……有人在跟踪我们。"紫悦停住了前进的步伐，大家也都跟着停在了原地。

　　大家仔细地看向四周，才发现黑暗中隐隐地浮现出好多小小的身影，看上去像是各种各样的小动物。

　　"柔柔……你快看，那个是不是小兔子?"苹果嘉儿指着一个长耳朵的影子，不安地问。

　　确实像小兔子，可是，那"小兔子"两眼发着红光，好可怕啊!

　　"我不看!我不知道!"柔柔害怕极了，身上抖得更厉害了。

　　"大家小心，有东西过来了!"月亮公主嗅到了危险的气息，连忙提醒道。

　　只见突然之间，那些奇形怪状的梦魇们化为了一股庞大的黑烟，朝她们压了过来。

　　月亮公主大喊道:"大家快跑!我的魔法对这些黑梦云没有效果!"

　　似乎是被这一声呼喊震醒了，那股黑烟嗖地立了起来,飞速地涌上来!

大家扬起蹄子开始逃命!她们的速度很快,然而黑梦云的速度更快!顷刻间,她们的蹄子、翅膀、鬃毛……所有的一切都被黑梦云吞噬了!

3 噩梦反击战

先被吞噬的是紫悦,她只觉得眼前一黑,紧接着就出现了不可思议的一幕。

"怎么回事?我穿越了吗?"紫悦观察了一圈,眼前是十分真实的坎特洛特皇家城堡大殿,而宇宙公主此刻正坐在大殿尽头的宝座上。

她快步走向宇宙公主,想赶紧向她禀

告她们一行人在月亮上的遭遇。

"宇宙公主，您……"

"闭嘴，紫悦！"宇宙公主粗鲁地打断紫悦，愤怒地说，"你没有尽到自己的职责！我要将你驱逐出国！友谊的魔法已经死了！都是因为你！"

"什么？不！"紫悦简直不敢相信宇宙公主所说的话。

"你太让我失望了！"宇宙公主的面孔因为愤怒而变得扭曲，"都是你的无知扼杀了你和其他小马的友谊！"

紫悦不敢答话，她伏在地上，悲伤地捂住自己的脸哭泣着。

突然，她的耳边传来了熟悉的声音。

"紫悦！那只是噩梦而已。别忘了我们的使命！"这是穗龙的声音。

"你必须意志坚定，紫悦！用你的心去看透这噩梦的真相！"这是月亮公主在说话。

紫悦擦了擦眼泪："可是宇宙公主她说……"

"紫悦！我们都还在，那不是真的！"穗龙的声音在她耳边响起。

"这是梦魇为了控制你而制造的噩梦！"月亮公主提醒道。

紫悦总算明白过来，她此刻只是身在梦中而已。

"友谊……不会消失！"紫悦抬起头来，大声喊道，"这些都不是真的！都是噩梦！"

梦境消失了，紫悦终于从噩梦中醒了过来，眼前的穗龙和月亮公主是真实的。

"大家都陷入了噩梦里，趁她们还没被梦魇完全控制，我们要唤醒大家！"月亮公主说。

云宝的梦里，小马谷突然爆发了洪水，所有的房子都要被水淹没了！所有的小马都在忙着抗洪救灾。

云宝看着这一切，非常着急。

"云宝！快来帮忙，我们需要你的帮助！"闪电飞马队的队长喷火在空中向她招手，示意她飞过去帮忙。

"我来啦！"云宝纵身一跳，准备上去救援。

只听"扑通"一声，云宝不但没飞起来，反而掉进了水里。

"啊！我不会飞了！"一向嗜飞如命的云宝在水里手足无措地扑腾着，急得要落下泪来。

这时，天上突然有个热气球向她靠近。等靠得更近时，她才发现上面是穗龙和紫悦。

穗龙和紫悦一起抓住她的蹄子，试图把她从水中救起来。

可云宝一点也不高兴，她难过地看了看自己残缺的翅膀，说："你们看看我，我永远都不能飞了！呜呜呜……"

"不，云宝，你还能飞！"紫悦将云宝拽进了热气球。

"不能……我不能飞了，我的翅膀受伤了……再也……好不了了……"云宝自卑地低下了头。

"这只是个噩梦，你看。"紫悦抱住云宝，将魔法角对准云宝的翅膀，一股魔法光波打在了她的翅膀上。

光波散去后，云宝的翅膀恢复了，还是像以前一样结实有力。

"原来是我的担忧促成了噩梦！"云宝很快振奋起来。

信心满满的她一飞冲天，很快超越了梦里的闪电飞马队，冲出了黑梦云的包围。

"嘿嘿，你们太慢了，黑烟怪！"云宝得意扬扬地看了一眼身后的黑烟。

碧琪的梦里，此刻的她仍然在舞台上表演。

她给自己喷上了大胡子，试图逗笑所有的观众。但是她从观众的脸上看出来，他们对她的表演并不感兴趣。

又失败了！从来都是乐天派的碧琪也忍不住生气了："你们为什么不笑!"

"下去！快下去!"观众们怒骂着，纷纷往台上的碧琪扔着烂番茄。

突然，观众群里出现了几个不一样的身影，是紫悦、月亮公主还有穗龙。

他们举着一个大牌子，上面写着："碧琪，我们爱你！快醒过来吧!"

碧琪很快明白过来，她抬起蹄子抹掉脸上的番茄渣，眼神看起来有些危险。

"告诉你们，我的噩梦朋友!"碧琪抱着话筒，放大声音喊着，"我是最能逗乐的小马！我的朋友们都爱死我了！谁在乎你们的看法!"

强大的声音能量波把梦魇们击回了原形，碧琪顺利地回到了朋友们身边。

柔柔的梦里，她瘫倒在自己的家里，对眼前的一切不知所措。

那些一向温驯乖巧的小动物们龇牙咧嘴地把她围了起来。

"对不起，是不是今天的伙食不好吃？我、我这就去重做……"柔柔惊恐地捂住脸。

小动物们并不罢休，继续逼近柔柔。

这时，"哐当"一声，柔柔家的门被撞开了。

小动物们停止攻击，呆呆地看向门口，只见碧琪和云宝穿着一身警服，威严地走了进来。

"小马警长驾到！"碧琪挥舞着手上的警徽喊道。

"你被捕了，骗子！"云宝怒气冲冲地指着领头的小兔子安吉尔。

碧琪直接把它抓了起来，冲着它大声吼道："冒牌货安吉尔！"

善良的柔柔看见自己的小动物被欺负了，急忙要上前阻止："不不，碧琪你不要这样，是我没照顾好它们，我该道歉。"

云宝拦住柔柔，说道："不要相信这些，柔柔。它们都是假的！"

"假的？"柔柔一半相信一半疑惑。

"没错！"云宝恶狠狠地看向已经快要露出原形的梦魇们，"你看它们，像丑八怪一样！"

柔柔看着这些梦魇们，怒火蹿上了脑袋："它们……它们竟敢冒充我的小动物们！"

"生气就要喊出来！"碧琪搭着柔柔的肩膀，鼓励道。

"你们这些……"柔柔埋下头蓄积力量，再抬起头来，爆发出一声惊天动地的怒喊，"骗子！"

这一声怒喊使得柔柔从噩梦中解脱了出来，碧琪欣慰地看着难得这样宣泄情绪的柔柔。

"好了伙伴们，我们抓紧时间，接下来是苹果嘉儿!"紫悦催促道。

苹果嘉儿家族荒芜的甜苹果园里，苹果嘉儿的哥哥麦托什、史密夫婆婆还有小妹妹苹果丽丽满怀恨意地看着苹果嘉儿。

"我快要饿死了，苹果嘉儿。你为什么不好好种树?"苹果丽丽太饿了，她抱紧肚子，委屈地指控着苹果嘉儿。

"就是因为你! 小马谷所有的小马都要被饿死了!"史密夫婆婆一脚踢开空荡荡的木桶，愤怒地指责。

"没错!"麦托什的蹄子重重地跺在地上，搭腔道。

苹果嘉儿羞愧地低下了头:"实在抱歉，我……都怪我……"

这时，不远处响起了一阵马蹄声，还伴随着熟悉的呼唤声。

苹果嘉儿转过身，看到紫悦、穗龙还有云宝朝她奔了过来。

"你们来这里干什么？快走吧！"苹果嘉儿的声音十分低沉，"这里也没吃的了。"

"不，苹果嘉儿！这只是个噩梦！"紫悦跑到苹果嘉儿面前，用魔法角轻轻地碰触她的脑袋。

"我不明白。"苹果嘉儿自责地闭上眼睛，落下泪来，"你看，苹果树都死光了，我们都要被饿死了……"

"不是这样的！"紫悦伸出蹄子，搭在了苹果嘉儿的肩上，"这只是个虚假的噩梦，你一直都是优秀的果园管理员，我们也会帮助你的！快睁开眼睛吧！"

苹果嘉儿睁开泪眼，可眼前还是荒败的苹果园。

"不行……看起来好真实……"她抹着眼泪。

"这是梦魇制造出来的噩梦！为的就是阻止你们使用和谐之元的力量呀！快点振作起来，苹果嘉儿！"穗龙连忙解释。

"穗龙说得对！我们需要你，来吧，我们还得去救珍奇！"紫悦鼓励地看着苹果嘉儿。

紫悦的话音刚落，云宝冲了上来，扳过苹果嘉儿的身子使劲儿摇了摇："别害怕！打起精神来！"

"你们说得对！我得振作起来！"苹果嘉儿被朋友们的鼓励感动了，重新获得了勇气，"你们说这是噩梦，我相信你们！"

她大喊一声，成功击溃了梦魇，回到了现实中。

小马救援队伍里的最后一员也终于顺利回归了！

⭐4 重见珍奇

虽然大家都从噩梦中逃了出来，但是现实世界的她们依然危机重重——丑陋的梦魇们还紧紧地包围着她们。

"它们……看起来好吓人……"紫悦身旁赫然耸立着一只蓝色眼睛的梦魇，她忍不住哆嗦了一下。

"还真是……"碧琪紧张地瞪大了眼睛，打量了一圈。

"嗯……"苹果嘉儿匍匐在地上，颤抖着问，"我们要不要跟它们聊聊天？柔柔，快上！你最擅长和动物沟通了！"

柔柔缩着脖子摇了摇头："对不起，我今天的勇气已经用光了……"

只有云宝还是一副天不怕地不怕的样子，她冲着梦魇们摆好了攻击的姿势："你们还想再比一轮吗？好啊！我们不怕！"

"真的吗？但我想你们当中有一只小马应该很害怕，对不对，梦魇之月？"血红眼睛的梦影大人看着月亮公主，阴森森地问道。

"我现在已经不是梦魇之月了！"月亮公主挺直了身子，高傲地扭过头不看它。

然而梦魇们并不放过她，它们纷纷缠了上去，在月亮公主身边围绕。

"你依然能感到内心的恐惧……"

"只要你再次成为梦魇之月，我们就不伤害你的朋友。"

"你不希望那些小马们受伤吧，嘿嘿……"

这些阴森森的声音围绕在月亮公主的耳边，内心的紧张和恐惧让她闭上了眼睛。

"不！别那么做，这些小马们曾经救过我，我……"

"您不必害怕，月亮公主！"月亮公主的话被紫悦打断了。

月亮公主惊讶地睁开眼睛，发现小马们不知什么时候都走到了她身前，保护着她。

"梦魇，你们休想夺走我们的朋友！"云宝帅气地放话，又朝着月亮公主潇洒地一笑。

"没错！"苹果嘉儿也自信地肯定着。

"我……是你们的朋友？"月亮公主微微惊讶之余，又有些感动。

"必须的！"碧琪亲昵地凑上前，熟门熟路地搭上了月亮公主的肩膀。

柔柔也伸出蹄子温柔地抚慰月亮公主："我们一直相信您的本心是善良的。"

月亮公主的心里感到一阵羞愧——大

家对她付出了朋友间的真诚，可是她却对这群小马有所隐瞒，是自己的隐瞒害了珍奇。想到这儿，她越发难受起来。

"啧啧啧，"梦影大人打断了小马们的温情脉脉，"看来，她们可以为你做任何事。月亮公主，我看，你是不答应我的条件了？"

"没错！她不会答应的！"云宝站出来，毫不胆怯地对上梦影大人可怕的双眼，鼻孔里喷出一股气来。

"这是你最后的机会，月亮公主……在她们发现你的……"梦影大人似乎要说什么，然而它顿了顿，还是转移了话题，"好吧，小马朋友们，看来我们的谈判是不会有结果了。不过幸好我们早有准备。"

月亮公主的表情有了微微的变化。

"你们的王国迟早是我们的！"梦影大人突然从原地升腾起来，所有的梦魇都向它靠拢了过去，汇合成一团通天的烟云，只听"轰"的一声巨响，烟云似乎爆炸了，发出耀眼的亮白的光。

等烟雾散去，出现在大家面前的已经不再是原来的梦影大人，而是一只通体发黑的小马。她有着一头飘逸卷曲的紫白相间的头发，细长的魔法角闪着幽紫的光，而在靠近她屁股的地方有着钻石形状的标志。

她威严地站在原地，美丽的眼睛里闪烁着冷漠的光。

那分明是珍奇，又似乎不是珍奇。

"和谐之元已经支离破碎，小马谷也将不复存在！"梦影大人的声音不知从何处响了起来，"恭迎我们的新女王——梦魇珍奇女王殿下！"

入侵的黑暗梦魇

溃败的友谊魔法

1 进入警戒的小马谷

黎明与黑夜交织的天空上，星星还没来得及回家，零零星星地散落着。一大片的云朵在晨曦的映照下泛着淡淡的紫色。

小马谷的居民们早就已经从梦中醒来，在宇宙公主的带领下，大家正在为保卫小马谷做着努力，大街小巷都是他们匆忙而又有序的身影。

镇长带着一波小马，正在加固每一幢房屋，敲钉木板的声音"咚咚咚"的，响彻整个小马谷。云中城的飞马们在空中搬运着各种工具，他们速度超快，天空中来来回回都是"嗖嗖嗖"的声音。

一排排小马利亚的皇家护卫队穿着统一的金色铠甲，威风凛凛地站在空旷的街道中央，正在接受宇宙公主的检阅，随时准备接受战斗命令。

宇宙公主检阅完士兵，与她的助理一起核对着战前准备工作清单。

"我们的准备工作都做得差不多了，大家不要害怕，即使梦魇现在发动攻击，我们也一定能保证小马谷的安全!"宇宙公主的彩虹色鬃毛随风飘扬，她的声音温暖又威严，听起来非常有安全感。

正当她转身准备去找镇长细细讨论作战计划的时候，有三只小小马拦住了她。

"可爱军团向您报到! 宇宙公主殿下!"

原来是苹果丽丽、甜心宝宝和醒目露露，可是她们看上去似乎不像以前那么开心了。

甜心宝宝走近宇宙公主，恳切地问："宇宙公主，我们的姐姐回来了吗？"她的小脸上写满了担忧。

宇宙公主抱歉地看向她："对不起，甜心宝宝，你们的姐姐暂时还没回来。"

甜心宝宝难过地垂下了脑袋。

这时，醒目露露突然想到了什么，她轻轻地靠近苹果丽丽的耳朵，小声说道："如果我们参与拯救小马谷，说不定会得到很酷的可爱标志……"

"听起来是很酷……可是现在……"苹果丽丽也陷入了忧愁中，她的姐姐苹果嘉儿现在应该还在月亮上吧，不知道有没有被坏蛋抓起来呢？

宇宙公主不忍心看到她们这么担心的样子，她展开翅膀，抚摸着三只小小马的脑袋，温柔地安慰道："我倒觉得醒目露露的主意很不错呢！你们的姐姐正在月亮上战斗，你们也可以在这里和我们一起战斗，共同保卫小马谷。"

宇宙公主的鼓励重新唤起了可爱军团的战斗精神，她们三个你看看我，我看看你，兴奋地伸出蹄子钩在了一起。

正在这时，空气中突然刮起了一阵诡异的妖风，原本晴朗的天空一下子被一团团黑云覆盖得严严实实，只剩下一轮大得出奇、亮得诡异的月亮。

可爱军团差点儿被妖风吹到月亮上，幸好宇宙公主第一时间将她们三个护在了翅膀下面。

宇宙公主弯下身子，匍匐在地上，她抬头看着月亮，脑海中浮现出了她的妹妹月亮公主的身影："希望她能带着她们平安地救回珍奇……希望……希望妹妹不要再度变成梦魇之月！"

"天哪！梦魇之月回来了？"

马群中的一声呼喊打断了她的思绪，只见那原本散发着清澈光芒的月亮，突然

被一只黑色小马的身影覆盖了，那模样简直和梦魇之月一模一样！

"她又回来了，我们要完蛋了！""月亮公主为什么要回去当什么梦魇之月啊？"马群沸腾了起来，大家七嘴八舌地议论着。

但是宇宙公主仔细地观察着月亮上的那抹身影，发现了一丝异样："大家仔细看！这次变成梦魇之月的并不是月亮公主！"

⭐2 梦魇珍奇的洗脑

当小马谷的小马们正在激烈地讨论着梦魇之月时，月亮上的紫悦她们也被眼前的梦魇珍奇惊呆了。

"你们是打败过我，可是现在没有了珍奇，你们根本就不可能使用和谐之元了！"梦魇珍奇得意扬扬地看着紫悦她们，脸上满是不屑。

云宝被梦魇珍奇的话激怒了，这个抢了她们朋友的恶魔居然敢看不起她们！

她扇动着翅膀，毫不惧怕地对上梦魇珍奇冷漠的眼睛，大声吼道："别以为你有多厉害，你这只黑漆漆脏兮兮的小马！待会儿就让你尝尝我们的厉害！"

"呵呵……"梦魇珍奇捂着嘴发出了一串虚伪的笑声，"没有了珍奇，你以为你们能有多厉害？"

紫悦大着胆子靠近梦魇珍奇，将蹄子放在了她的肩膀上，轻轻地摇了摇："珍奇！珍奇你在里面吗？你能听到吗？快振作起来，把你身体里的这个坏蛋赶走啊！"

梦魇珍奇嫌弃地甩开紫悦，独自走到

一边，脸上挂着不可侵犯的神情："你们认识的珍奇已经不在了，现在只有我——梦魇珍奇女王！不要妄想再用和谐之元的力量了，你们这些蠢货！"

"我们才不相信你的鬼话呢！"苹果嘉儿生气地走上前，打算好好跟这个梦魇珍奇讲讲道理。

这时，碧琪伸出一只蹄子拦住了她，率先跳到了梦魇珍奇的面前。

"交给我吧，苹果嘉儿！她可能只是失忆了，需要一点特别的刺激！嘻嘻！"她伸着脖子，咧着嘴笑了，脸几乎贴在了梦魇珍奇的脸上。

梦魇珍奇面无表情地与她对视。

"嘻嘻……你还记得我们一起在水疗馆洗泡泡浴那次吗？当时泡泡浴缸坏掉不冒泡了，但是我讲了一个笑话，然后，"碧琪举起蹄子戳了戳梦魇珍奇，"就是你，珍奇！你的屁股底下冒出了几个泡！你放屁了！你还让我一定不要告诉别人呢！"

　　一说完这个故事，碧琪就忍不住想大笑，不过现在的场合似乎不适合笑，她就用力捂住嘴巴憋住了笑，脸上的表情像吞了只青蛙在嘴里！

　　"唔唔……对……不起！我说……出……来了！"碧琪憋笑都快憋出内伤了。

　　听完了糗事，梦魇珍奇依旧面无表情，甚至比刚才更不耐烦了。

　　在一边观察了许久的穗龙忍不住了，他从柔柔的身后挪着步子，扭扭捏捏地走了出来。他小心翼翼地捧着那颗心形的红宝石，就像捧着他对珍奇的心一样。

　　"珍奇，你还记得我吗？"穗龙像绿宝石一样的眼睛骨碌碌地转向了别的地方，在珍奇面前他还是有点羞涩，"我是穗龙，你总爱叫、叫我'小可爱'，我……你快回来吧！"

　　说到"小可爱"三个字，穗龙的脸"唰"的一下红了，红嘟嘟的脸蛋像草莓蛋糕一样。他勇敢地说出这句话以后，就蹬着小短腿，跑回了柔柔的身边。

　　"穗龙……"梦魇珍奇看着穗龙小跑着远去的背影，突然念出了他的名字。一定是穗龙的红宝石唤醒了真正的珍奇，毕竟没有谁比珍奇更爱漂亮宝石了。

　　"够了，不要再犯傻了！你们的珍奇已经不存在了！"梦魇珍奇嘶吼着，她的身体怪异地扭了起来，头顶的角突然发出一道刺眼的光芒。等光芒消失之后，珍奇那一丁点苏醒的迹象也消失了——梦魇珍奇重新霸占了这具身体。

　　平静下来以后，她轻蔑地看向了一边的月亮公主："月亮公主啊月亮公主，我曾经赋予了你那么强大的力量，你为什么要放弃呢？就为了这些蠢头蠢脑的小马？"

　　月亮公主展开翅膀，挡在了小马们的面前，直视着梦魇珍奇带着嘲讽的目光："这些是我的朋友，你没有资格伤害她们。"

梦魇珍奇对这个答案非常不满意，眼里似乎要喷出火来。她挑衅地走近月亮公主，将自己长长的角架在了月亮公主的角旁边，就像是击剑选手比赛击剑那样。两只带着魔法的角碰在一起，发出了刺耳的"刺刺"声。

"你最好想清楚，要不要再成为梦魇之月。想想你的月之魔法，想想月亮上的我们，还有我们曾经的故事……只要你答应，我就不伤害她们。"不得不说，梦魇珍奇的语气和表情居然有种魅惑的美感。如果此刻问的是穗龙，他说不定就答应了呢！

月亮公主虽然没有答应，但是也没有拒绝，她沉默地站在那里，脸上的表情复杂纠结。这也难怪，毕竟月亮公主总是在夜晚行动，而热闹又总是不属于深夜，她大概孤单了太久吧……

⭐3 势均力敌的战斗

"你这个妖怪！离月亮公主远点儿！我不许你蛊惑她！"早已沉不住气的云宝扇着翅膀一个前冲，挡在了梦魇珍奇和月亮公主之间。

"假珍奇！看来我得再爆点儿劲爆的料才能把真珍奇变回来！"碧琪做出了"代表月亮消灭你"的动作。

紫悦也在月亮公主的对面伸长了脖子，不停地眨眼睛，示意她不要被梦魇珍奇洗脑。

梦魇珍奇对月亮公主的这些小马朋友感到出奇的厌烦，她挪了下屁股，挡住了身后的紫悦，又挥了挥蹄子，扫开了面前的苹果嘉儿。清除了这些障碍物，她又继续做起她的洗脑工作来。

"别看她们现在自称是你的朋友，等到她们发现你保护不了她们，她们会比谁都恨你。加入我们，对你有百利而无一害！"梦魇珍奇的洗脑工作似乎快要到尾声了，不过月亮公主仍然不为所动。很明显，这次的洗脑工作不太好做。

费了半天劲的梦魇珍奇终于恼羞成怒了："一群榆木脑袋的小马！你们阻止不了我摧毁小马谷，而且你们也永远回不去了！梦魇们！上！"

一直围在旁边当观众的梦魇们受到召唤，晃晃荡荡地把包围圈挤得更小了。

"把他们都抓起来！"梦魇珍奇迈着高傲的步伐转身离开，把她黑漆漆的背影留给了紫悦他们。

梦魇们一接到命令，就像饿狼扑食一样朝小马们扑了上来。

说时迟那时快，反应速度一流的云宝率先采取了攻击。她挥舞着翅膀，飞到了更高的空中，吸引了梦魇的追逐。她往上飞，梦魇往上追；她往下飞，梦魇往下追……就这样来来回回了好几次，突然，云宝一个空中急刹车不动了，梦魇晕晕乎乎地径直朝着地面撞了上去。傻乎乎的梦魇，速度还可以，可是智商不太行啊！

"哼！你们还得练上几十年才能追到我啊！"云宝悠闲自得地扇动着翅膀，抱着蹄子，毫不留情地嘲笑。

云宝的这场战斗是赢了，可是其他小马就没那么幸运了。碧琪、紫悦、苹果嘉儿和穗龙都不会飞，只能在地上靠着最原始的武器——她们的蹄子，坚持不懈地战斗着。

"你们这些丑八怪，不要靠近我！"碧琪的蹄子上下舞动的速度非常快，蹄子在高速运动下就像是锋利的武器，谁靠近谁就会被划得稀烂。这一招有效阻止了梦魇们的靠近。

紫悦放弃了蹄子攻击法，她低下头来，只听"啵"的一声，一道攻击光束从她的角中射了出来。

但是危险却在紫悦的身后。一团灰黑色的梦魇拉长了自己的身体，张牙舞爪地朝紫悦的背后抓了下去。

"小心啊，紫悦！"在最关键的那一刻，英勇的骑士出现了！我们的穗龙宝宝，穗龙骑士，穗龙小可爱，用他的小爪子死死地拖住了这个准备偷袭的梦魇的尾巴！

"你们这些怪物，你们抢走了我心爱的珍奇，我不会让你们再抢走其他小马的！"穗龙咬紧牙关，使出了他全部吃宝石的力气，一刻也不敢放松。

这个梦魇扭过庞大的身躯，对着穗龙指了指："放手，小不点！"

"死也不放手！"穗龙把爪子移得更高一点，抓得更使劲儿了一点，"你要是投降，我还可以考虑放……啊啊啊啊——"

穗龙的话还没说完，就变成了一串音调忽高忽低的"啊"，听起来像是在坐过山车。事实上他确实在坐"过山车"——梦魇把自己团成了旋涡状，在空中快速地旋转起来。穗龙在空中来了个360度大轮盘旋转体验，他拽着尾巴的手滑了出去。

随着梦魇一个轻松的甩尾，只见一颗名为"穗龙"的流星，带着一串响彻天际的惊叫声划过漆黑的夜空，然后消失不见了。

"没想到这条小破龙力气倒是不小。"梦魇得意地甩了甩尾巴。

而穗龙的意外，可把奋斗在前线的小马们吓坏了。

"穗龙！"紫悦惊叫出声，她急得角上的魔法火焰都熄灭了。

所有小马的抵抗都因为穗龙的突然离开停下了。梦魇们趁此机会，调整战术，以多对一，加大了攻击的力度，逐个击破了小马们的防守。除了月亮公主外，其他小马都被缠得动弹不得。

此刻，月亮公主的心像被狠狠地揪住一般，她开始悔恨起来，恨自己没有足够的力量保护大家，恨自己没有答应梦魇珍奇的条件。

"月亮公主，您快跑！小马谷还需要您的帮助！"紫悦眼神坚定地看着月亮公主大声喊道。

"我不能丢下你们不管！"月亮公主自责地摇了摇头。

"留得青山在，不怕没柴烧啊，公主！"云宝翻倒在地上，憋出全身力气吼了一句。

"快跑吧，月亮公主！您是我们的希望！"苹果嘉儿做着最后的反抗，她使出了踢苹果树的必杀技，将一个试图绑架她的梦魇踢翻在地。

月亮公主挥起翅膀，敏捷地飞到了空

中，她充满愧疚地回头看了大家一眼，然后一脸坚定地飞往了小马谷的方向。

"我发誓，我一定会回来救大家的！"月亮公主在心底暗暗起誓，她的眼神坚毅，目光灼热。

天空中闪过几个月形光波，"嗖嗖"几声之后，月亮公主不见了。

她用月之魔法成功地逃脱了。

⭐4 被关地牢

"把她们都带回去，关起来。"梦魇珍奇懒洋洋地指挥道。她一点也不在意月亮公主逃回去的事，只要和谐之元无法使用，就没有人是她的对手。

小马们被梦魇们捆住了身子，无法自由行动了。

"小心我表演超高级的逃脱术哦！哈哈哈！"碧琪不老实地扭着屁股摇摆起来，"噢！逃脱不了……"

逃脱失败，她又转过脸，向绑着她的梦魇说道："嘿！黑烟怪，要不要跟我学一学时尚的扭屁屁舞呀？保证你一秒钟之内告别无聊。"

那个梦魇看上去傻乎乎的，它果真听话地跟着碧琪的节奏，有规律地晃动起它肥大的身子来。

"没错！做得很好！你简直是个扭屁屁舞专家！"碧琪开心地眯起眼睛，和傻乎乎梦魇一起一路摇摆着。扭扭屁股，甩甩腰，一身轻松没烦恼！

"你能不能别扭了，难看死了！"别的梦魇看不下去

了，因为那舞看起来实在太傻了。虽然它们梦魇长得丑，可也是要誓死捍卫形象的！

但傻乎乎梦魇并没有理会，反而摇得更起劲儿了："不行啊，这个舞太上瘾了，我停不下来了……"

碧琪因为它的配合非常开心，她要做一个负责任的舞蹈老师："太棒了，你找到节奏了！屁股再扭大一点！"

于是，大家都在默默地走着自己的路，只有碧琪和看守她的梦魇一直在跳"扭屁屁舞"。一路上都是碧琪毫不吝啬的夸奖声，还有其他梦魇嫌弃加愤怒的控告声。

终于，梦魇们将小马成功押进了地下牢房。牢房里有好几个洞穴，每一只小马都要被关在一个单独的洞穴里。洞穴没有其他出口，只有一个圆形的铁制牢门，牢门上铁栏杆的缝隙间，只够伸出小马的一只蹄子。

碧琪乖乖蹦进了自己的洞穴，在牢门被关上的前一秒，还伸出脑袋欢快地对傻乎乎梦魇说："我们有时间再一起跳舞呀！"

"好的好的！"傻乎乎梦魇傻笑着，眼睛乐得眯成了一条缝。看来它跳舞跳得非常尽兴。

其他的梦魇听到了它答应的声音，立刻飘过来，凶狠地盯住了它。怎么能让这个傻瓜再跳这么难看的舞呢！坚决不允许！

傻乎乎梦魇感受到了来自伙伴们的热辣目光，畏畏缩缩地低下头，小声地嘟囔着："我是说我再也不跳了……"

云宝就没那么听话了，她努力地扇动着翅膀，四只蹄子牢牢地抵住牢门，拼了命地不愿意进去："我又不是坏蛋，凭什么要坐牢！你们就算关住我，我也能有一千零一种方法逃出去！"

"再多说一句废话，我就用一千零一种方法把你解决掉！"傻乎乎梦魇的同伴瞪着大红眼睛，恶狠狠地说。

好汉不吃眼前亏，一听这话，云宝立刻以光速躲进了洞穴里，还自己主动锁上了门："嘿嘿，我开玩笑呢！你看看这牢门多硬，我压根儿就出不去啊！"

梦魇嘲笑地哼哼了两声，扭着身子走远了。

"云宝，你真的能逃出去吗？"紫悦的洞穴和云宝的离得最近，她努力地想从牢门的缝隙里伸出脑袋，结果只有头上的角露了出来，刚好照亮了整个黑漆漆的地下牢房。

"嘿嘿，这个嘛……"云宝把蹄子伸出来摇了摇，"我这是先使用一下心理战术嘛！让它们放松警惕！"

苹果嘉儿闷闷不乐地窝在自己的洞穴里，有气无力地说："唉！心理战术有什么用啊，又不能帮我们从这里逃出去……"

紫悦集中意念，努力尝试用自己的魔法打开牢门，但是她捧着脑袋试了很多次，牢门都纹丝不动。她有些抓狂了："苹果嘉儿说得对，没有珍奇，我们就使用不了和谐之元，也拯救不了小马谷了！啊啊啊！"

柔柔疲惫地躺在她的洞穴里，一只蹄子枕在了脑袋下面，大眼睛里有些忧伤："我希望我的小动物们都没事……我现在觉得好孤单，好想抱着什么……"

她不经意地抬起头，发现洞穴外的一个黑暗的角落里，有一双闪闪发亮的红色眼睛。

那柔弱的红色眼睛激起了柔柔的怜悯之心，她朝角落里的小东西招了招蹄子，轻声唤道："别害怕，小家伙，到我这来，让我看看你。"

角落里的小家伙被柔柔温暖的嗓音抚慰了，他犹豫着从黑暗中走了出来。

"我的老天！"这一出来，可把除了柔柔以外的小马们吓了个魂飞魄散。

这哪里是"小家伙",分明是个"丑家伙"!他和兔子差不多大,但长相可就差远了。他浑身都是暗红色,有着一对蒲扇一样的大耳朵,身上的皮肤怪异地凸起,鼻子大得可怕,嘴巴里露出的两颗下牙更是长得吓人。这只能是怪物,绝对不是宠物呀!

大家的惊叫声吓住了这个小怪物,他有些惊恐地望着柔柔,不敢再上前了。

"没关系的,小家伙。来呀,别害羞,你很可爱!"柔柔努力朝外伸着蹄子,试图摸一摸这个小怪物。

小怪物被柔柔的呼唤吸引了,他蹦蹦跳跳地钻进了柔柔的洞穴。

柔柔开心地抱住他,宠溺地揉了揉他的脑袋:"真是听话的乖宝宝,你要不要和我一起回小马谷呢?"

云宝目瞪口呆地看着柔柔抱着那个小怪物,鸡皮疙瘩都起了一身:"柔柔,你是不是吓傻了啊……他长得好吓人啊！你要收他当宠物?"

柔柔没有理会云宝，她把小怪物放在地上，轻轻地抚摸着他扇子一样的大耳朵："小马谷里的小动物可多啦，我们还有一条小龙呢，你想不想跟我回去?"

小怪物似乎还没完全放松戒备，他在柔柔的抚摸下一阵一阵地颤抖。

柔柔这么一提醒，大家都禁不住想念起穗龙来。

"也不知道穗龙现在怎么样了?"苹果嘉儿用一只蹄子捂住了脸。穗龙孤身在外面，会不会遇到危险?

"为了珍奇，他可真勇敢。"云宝也有点难过，穗龙那么小，没有她们在身边该怎么办呢?

一直默默听着的紫悦，忍不住伤心地哭了起来："都是我的错，友谊的魔法根本就不是万能的！连穗龙都救不了……"她的心里像插进了一万把刀子那么痛。毕竟，穗龙从出生就和她在一起，对于她来说，穗龙不仅仅是伙伴，更是家人。

⑤ 穗龙的帮手

而此刻，勇敢的小骑士穗龙正在一处铺满碎石的旷野上昏睡着。

周围的黑暗浓得像黑巧克力，光秃秃的小山高高低低地站着，天空中飘着一缕一缕暗紫色的烟云。

穗龙一动不动地躺在碎石块上，手里下意识地死死攥着他的红宝石。因为和梦魇的那一场艰苦战斗，他的小脸灰扑扑的，身上还有一些轻微的擦伤。

突然，伴随着一阵响亮的咳嗽，一团绿火从穗龙嘴巴里被咳了出来，穗龙小战士醒过来了。

他翻了翻身子坐起来，摸着脑袋看了看四周。妈呀！周围黑漆漆的，连个小马的影子都没有，好可怕呀！

"这是哪儿啊？紫悦！你们在哪儿啊？"穗龙用爪子撑住地面，拍拍屁股站起来，撒开小短腿跑了起来。

跑着跑着，他的面前出现了两条路，一条看上去很平常，另一条却被诡异的烟雾缭绕着。

穗龙皱着眉毛，摸摸下巴，仔细地盘算着："紫悦说过，不能被表面的假象迷惑！"于是，他坚定地往那条阴森森的、烟雾缭绕的小路上迈开了步伐。

一开始他还很淡定，周围的怪石和烟雾都吓不倒他。可到了后来，烟雾越来越浓，黑暗中还隐约闪烁着发光的眼睛。穗龙的身体开始不自觉地抖了起来，脚步也越来越小。

"我刚刚应该选另一条的……"穗龙警

惕地看了看四周，一边后悔，一边小心翼翼地迈着步子。

很快，他就找到一个鼓起勇气的好办法——唱歌！

"啦啦啦，谁最厉害？啦啦啦，就是我穗龙！"穗龙昂首挺胸，大声地唱着，迈着战士一般勇敢的步伐，两只手臂还有模有样地使劲儿摆动着。

"啦啦啦，谁救了小马谷？啦啦啦，就是……我穗龙。"一边唱歌一边走路实在太累了，穗龙的头上沁满了密密的汗珠，他的步子小了，手臂也摆不起来了。

又走了一段距离后，穗龙彻底累趴了。

"啦啦啦……小英雄穗龙……他……跑不动了……成了迷路的……穗龙……"穗龙歪歪扭扭地扑倒在了地上，把脸埋在了土里，一动不动。

这时，一堆伪装虫争先恐后地爬上了穗龙的脑袋。这是月亮上的一种奇特物种，只长着一只大眼睛，身体的颜色会根据他所附着物体的颜色自由变化。

穗龙被脑袋上的痒痒惊动了，他趴在地上仰起了头。啊哈！只见层层云雾后面，藏着一座又高又尖的山塔，不用怀疑，这上面一定有他的珍奇！

脑袋上的那一只只伪装虫伸着脖子，睁着圆滚滚的大眼睛好奇地看着穗龙。穗龙看了看这些虫子，心里有了个好主意。

"嘿！虫虫们，你们要不要参加营救可爱小马的秘密行动？"穗龙骨碌一下从地上翻身起来。伪装虫们噼噼啪啪掉在了地上，翻腾着爬起来，在穗龙面前挤挤挨挨地站好，眨巴着大眼睛。

山塔的顶端，在一个视野开阔的平台上，负责关押小马的那两个梦魇小喽啰正毕恭毕敬地向梦魇珍奇女王汇报小马的情况。

"趁着这个机会，我们要抓紧时间攻陷小马谷。"梦魇珍奇骄傲地望着无边无际的

黑暗，紫白相间的鬃毛被山风吹得更加飘逸。

"女王大人，您为什么要选择这只小马呢？我感觉那只黄色的小马更好控制……"那个凶巴巴梦魇好奇地问。

"可能是因为她的鬃毛很好看吧。"傻乎乎梦魇答道。刚说完，它的头就被一旁的同伴狠狠敲了一下。不过它倒是不觉得疼，因为它跟云差不多嘛。

梦魇珍奇看了看它俩，嫌弃地扭过了头："之所以选择珍奇，是因为她有弱点。虽然她表面看上去乐于助人，总是很热心的样子，但是实际上，她非常害怕被朋友抛弃和遗忘。抓住了她的弱点，再让她屈服于我，那还不是小菜一碟。"梦魇珍奇得意地勾起了嘴角，邪恶地笑了。

"女王大人果然英明！"凶巴巴梦魇谄媚地靠上前，"那等我们占领了小马谷，这些小马要怎么处置？"

"先关在地牢里再说吧，"梦魇珍奇不耐烦地说，之后想了想，又补充道，"或者现在就把地牢的钥匙丢了，把她们关到天荒地老，关到死！啊哈哈哈！”

"好啊！妙啊！女王大人好主意！"凶巴巴梦魇连连赞叹。

傻乎乎梦魇听到这里，开始四处摸着它的身子翻找着，嘀咕道："奇怪啊，钥匙呢，刚刚还在我身上……"

"什么?"凶巴巴梦魇一听这话，瞬间火冒三丈，凶狠地把傻乎乎梦魇一把拎了起来，"你这个蠢货！居然敢弄丢钥匙！"

"我发誓我没弄丢！我只是忘了放在哪了……"傻乎乎梦魇也急出了一头的汗。

"快去找！找不到我就把你也关起来！"凶巴巴梦魇怒吼着甩开傻乎乎梦魇。

傻乎乎梦魇眼见自己逃脱了危险，脚底一抹油就跑远了。

6 梦魇珍奇的诡计

梦魇珍奇和梦魇喽啰们的对话，一字不落地被悬挂在平台边缘的穗龙听到了。他在伪装虫的帮助下，完美地伪装成了一堆毫不起眼的杂草。

"我得先去地牢救紫悦她们……"穗龙贴着平台的边缘，小心翼翼地攀爬着前进，悄悄地来到了通往地牢的楼梯入口处。

楼梯盘旋着向下，一眼看过去黑乎乎的没有尽头。穗龙的心里又打起了小鼓，不过他当机立断，再次唱起了歌。

"啦啦啦，啦啦啦，我是勇敢的小穗龙……"穗龙脑袋上顶着伪装虫，边唱边下楼。

狭窄的楼梯间回荡着穗龙的歌声，这歌声也荡进了回来找钥匙的傻乎乎梦魇的耳朵里。

"这声音，不是那条小龙嘛！"傻乎乎梦魇激动地拍着手说，"把他抓住，我就能将功补过了！"

这兴奋的声音也回荡进了穗龙的耳朵里，穗龙一听自己被发现了，连忙屏住呼吸，闭着眼睛一口气往下冲。

过了好一会儿，穗龙总算下到了楼梯的尽头，见傻乎乎梦魇好像也没追上来，才安下心来。他细细打量着周围，这里不愧是地牢，真的超级阴森，连伪装虫们都吓得不敢再走了！

走着走着，穗龙的眼前突然出现了一块门帘。

"紫悦她们莫非就在里面？"穗龙小跑着上前，拉开了帘子。

眼前的景象彻底弄晕了他，这哪里是

地牢呀，分明是富丽堂皇的宫殿！金色的帷幔从屋顶垂了下来，绚丽的宝石点缀着整座宫殿。宫殿的中央有个巨大的宝石台，宝石台上的宝石花坛里还长满了他最爱的宝石。

最令他惊喜的是，宝石台上的一个空着的宝座上，正摆着一个超华丽的王冠，王冠下压着一块蓝色布条，上面端正地写着"穗龙国王"四个大字。

"我，我是国王……"穗龙害羞地伸出小爪子摸了上去。哇，王冠上镶满了闪闪的宝石！他感觉自己幸福得要融化了，一双大眼睛闪闪地发着光。

而惊喜还在后头呢，正当穗龙幸福得找不着北的时候，珍奇从旁边走了过来。她打扮得比以前更美了，披着华丽的紫色长袍，戴着一顶精致的宝石王冠。

"珍奇！"穗龙激动地扑过去，紧紧地抱住了珍奇的脖子，"珍奇你没事了吗？"

"我没事了，可爱的小穗龙。"珍奇把穗龙揽在怀里，安慰地摸着他的小脑袋，"我不但没事，还成了女王，是不是很棒?"

"哇! 真的好棒! 那我们赶快把紫悦她们救……"穗龙的话还没说完，珍奇就用蹄子轻轻捂住了他的嘴巴。

"嘘——你可爱的小脑袋今天思考了太多问题，别想那么多，让我问你一个问题吧。"珍奇朝穗龙妩媚地眨了眨眼睛，"穗龙，你是否愿意……"

穗龙被这双美丽的眼睛完完全全吸引住了，他眼冒桃心，小心脏"扑通扑通"跳个不停。

"你是否愿意，忘记过去，然后成为我的……"

"等等!"珍奇的话突然被穗龙打断了，"你刚才是不是说了'忘记过去'?"此刻，穗龙眼睛里的桃心不见了，小心脏也平静了下来。

"是呀，我说了，怎么啦?"珍奇疑惑

地看着穗龙。

"可是我不想忘记过去啊，我不能忘掉我的朋友们。珍奇，你也不想忘记她们吧……"穗龙忧虑地皱起了眉头。

珍奇低下头，温柔地抚摸着穗龙的小脸蛋问："穗龙，你难道不想永远成为我的国王吗?"

穗龙的脸蛋红透了，小心脏又激动地跳了起来。他陶醉地闭上双眼，满脑子都是和珍奇结婚的甜蜜画面。

"等一下!"穗龙突然睁开眼睛，举起了他脖子上的那颗红宝石，"珍奇，你觉得这块宝石怎么样?"

"呃……很可爱。"珍奇的表情有点怪怪的。

"可爱？除了可爱呢？"穗龙不太满意这个答案。

"除了可爱……呃，这个颜色我不太喜欢。"珍奇有些嫌弃地撇了撇嘴。

"这还是我第一次这么讨厌听到你说'可爱'这个词……"穗龙抱紧怀中的红宝石，失望地低下了头，然后，他愤怒地指着珍奇吼道，"因为你根本不是珍奇！不是我的珍奇！你不是！"

他的吼声击碎了梦境，眼前的宫殿、宝石全都消失了，只有梦魇珍奇站在他面前，笑得很邪恶："没想到你这条小龙还挺聪明的嘛！刚刚的梦是不是很美呢？"

"珍、珍奇……我……"穗龙害怕地往后退了一步，紧接着就被那两个梦魇喽啰抓住了。

"可怜的穗龙，你没机会救出你的朋友们了。"梦魇珍奇冷漠地转过身，不再看他。

"放开我！放开我，你们这些坏蛋！我是勇敢的穗龙国王，我不会向邪恶势力低头的！"穗龙使劲扭着身子，手脚胡乱地挣扎着。

"低头？呵呵，我可不在乎你这条小龙低不低头。"梦魇珍奇蓝宝石一样的眼睛里闪烁着寒光，"好戏，才刚刚开始而已……"

入侵的黑暗梦魇

美好的回忆苏醒

⭐1 友谊的力量

"快放我们出去！你们这群坏蛋！坏蛋！"

地下牢房里，传出一阵又一阵的叫骂声。

"云宝，你别喊了！"苹果嘉儿把头靠近牢门，开口制止云宝的大呼小叫，"我们现在最需要的是保存体力！"

云宝停止了喊叫，地下牢房终于获得了片刻的宁静，虽然碧琪啃栏杆的声音还是有些刺耳。

"唔……好像有点硬……"碧琪歪着脑袋，嘴巴紧紧地咬着牢门上的栏杆。

"那我们现在怎么办？"云宝拽着牢门使劲摇晃，不过并没有起什么作用。

"那你还是继续吧，反正除了发牢骚，你也没什么好办法。"苹果嘉儿有些不屑地说。

"什么？"云宝被苹果嘉儿的这句话激怒了，她手握着牢门粗暴地大吼，"苹果嘉儿！你什么意思？你才没主意呢！你才只会发牢骚呢！"

"你骂什么骂！有本事你把梦魇珍奇找过来骂啊！"苹果嘉儿毫不留情地回击。

"够了，你们别吵了！"紫悦用蹄子蒙住头，大声地喊着。

"碧琪要把栏杆咬断了！"苹果嘉儿的声音。

"她咬她的，跟你有什么关系！"云宝的声音。

"嘎吱嘎吱……"碧琪还在啃着栏杆。

"你们吵够了没啊！"紫悦的声音。

乱七八糟的声音交织在一起，整个地下牢房简直要被吵翻了。

只有柔柔没有参与这场口水大战，她温柔地安慰着怀中的小怪物："别怕，小可爱，她们不是真的吵架，她们是非常好的好朋友呢！"

紫悦喊了半天，却根本阻止不了云宝和苹果嘉儿越来越激烈的争吵。她放弃了，无望地把头轻轻地靠在了牢门上。

"你们都怎么了，朋友们？"紫悦伤心地闭上了眼睛。

突然，一道紫色的魔法光波从她的角里喷射出来，将她全身都笼罩了起来。

"天哪，你身上怎么了？"突如其来的意外总算让争吵暂停了，云宝努力伸着头，往外看向紫悦。

"我，我也不知道怎么回事。我只是在想……虽然现在的状况很糟糕，但还好我们几个都安然无恙。"紫悦举起自己的蹄子，反复看了看，继续说，"我很高兴能和大家成为朋友，因为是你们告诉了我友谊的重要性。"

　　碧琪也不啃栏杆了，她随着紫悦的话，陷入了回忆里："我还记得你刚来小马谷的时候，我们第一次见面，我就有种预感……我们会是最好的朋友。"说完，碧琪也被一束粉色的光包裹了。

　　"是的，那种感觉和家一样温暖。"柔柔被暖黄色的光波包裹着，温柔地笑起来。

　　"如果我们能救出珍奇，我们一定要开个超级大的派对好好庆祝一下！"苹果嘉儿被绿色的光束笼罩了。

　　"就这么说定了！我们还要帮小穗龙解决一下表白的事。"云宝被笼罩在蓝色的光束里，恢复了往日的勇敢无畏。

　　五种颜色的光束从不同的洞穴里射了出来，汇聚在一起，形成了一束强光。

　　"天哪，这太不可思议了，我能感觉到一股友谊的力量，从我心底源源不断地涌上来！"紫悦激动地说。

与此同时，不幸被抓住的穗龙正在全力抗争着。

凶巴巴梦魇押着穗龙，颇为同情地叹息道："你这条小龙还算走运，女王还不想杀你呢！"

"就算她要杀我，我也不会帮她做事！她是个恶魔！她抢了我的珍奇！"穗龙的回答非常有骨气。

"现在的问题就是，女王的体内似乎还残存着一点杂质……"凶巴巴梦魇拽走了穗龙脖子上的红宝石。

"你要干什么！把宝石还给我！那是我给珍奇准备的！"穗龙不安分地扭动着，踢着腿。

"嘿嘿，你心爱的珍奇马上就要摧毁你的家乡了，也会摧毁你对她的爱。到时候，你的珍奇就再也不存在了……"凶巴巴梦魇得意地说着，一只手把红宝石捏碎了。

"不要……"穗龙眼睁睁地看着红宝石被捏碎，眼睛里滚落了悲伤的眼泪。

这时，梦魇珍奇走了过来。她穿着一身纯黑的战袍，战袍上点缀着金黄的铠甲和耀眼的宝石。

"你们是在讨论我吗？莫非是因为我的新战袍太耀眼了?"梦魇珍奇高傲地走过来，伸出了一只蹄子。

凶巴巴梦魇连忙撇下穗龙，走上前亲吻着女王大人高贵的蹄子。

梦魇珍奇激动地亮起了魔法角，高举着蹄子呐喊道："我的子民们，梦魇的时代就要到了!"

穗龙趁此机会，急忙给躲在暗处的伪装虫们使了个眼色。伪装虫们机智地领悟了穗龙的计划，它们在穗龙的掩护下，爬到了穗龙的位置，相互叠加着变成了另一个穗龙。虽然不太像，但是乍一看还是可以蒙混过关的。

于是，原本还在吵吵嚷嚷的真穗龙就被默不作声的假穗龙替代了。

凶巴巴梦魇还天真地以为，是穗龙终于变乖了呢!

★2 "扭屁屁舞" 扭出了救命钥匙

"傻瓜！被我耍了吧！是时候给你们一个教训了，你们根本不懂什么是友谊，什么是爱！"早已躲到暗处的穗龙得意地捂着嘴，偷偷笑了。

穗龙拿出了一个口袋，把被捏碎的红宝石碎片一一捡了起来，装了进去。他背着口袋，继续寻找着地牢。

他在黑暗和阴森中摸索了好久，也没有发现地牢的影子。

"按理说地牢应该没那么难找啊……"穗龙小心翼翼地踩着步子。突然，他看见不远处有一道五彩的强光！

"是五彩的光！肯定是紫悦她们！"穗龙激动地小跑

着，直奔光源而去。

在拐弯处，穗龙谨慎地停下了脚步，他悄悄地探出了脑袋，只见地牢的入口处还守着那个傻乎乎梦魇呢！

"果然不出我所料，还有个看守……"穗龙的眼睛滴溜溜地转着，小脑袋高速运转起来，"它好像在睡觉，那我小心地爬过去的话，应该不会被发现……"

说干就干，穗龙轻轻地匍匐在地上，一点一点地前进着，每一步都走得异常小心。最后，他终于成功进入了地牢。

穗龙的到来惊呆了小马们。

"穗龙！没想到你能找到这里来，你还好吗？"紫悦激动地喊道。

"天哪，穗龙你的表现已经不只是勇敢了啊！"云宝也毫不吝啬地夸奖着穗龙。

"我是龙嘛，我说过要来找你们的，就

一定会来！我得赶快把你们放出来，梦魇军团已经在去小马谷的路上了！"穗龙不好意思地红着脸，走到牢门前面，使劲往外拽着，可是牢门还是纹丝不动，"这锁也太结实了！"

"你没带钥匙来吗？"云宝惊讶地问。

"天哪，我把钥匙的事给忘了……"穗龙自责地垂下了脑袋。

紫悦不忍心看穗龙受打击，忙安慰道："没关系的，只要我们在一起，就一定能想出办法！"

苹果嘉儿倒是有了新想法，她转过身子，把屁股对着牢门，准备好了飞起的后蹄："说不定我能像踹苹果树那样，把门也踹开呢？"

苹果嘉儿还没来得及踹就被穗龙阻止了："别踹别踹！门口那个大笨蛋正在睡觉呢，别吵醒它……"

"我们得想个不吵醒它的办法啊，大家谁有好主意?"紫悦扶着牢门问。

"嘿！姐妹们，我好像有个主意！"碧琪脑子里突然灵光一闪，然后像最开始那样跳起了扭屁屁舞。

"呃……你的舞跳得确实不错，不过和我们出去有什么关系？"苹果嘉儿无奈地摇了摇头。

"啊哈！让我们扭起来吧！"碧琪不但没停下她的舞，扭动的幅度反而越来越大，舞跳得简直快达到癫狂的境界了！

突然"丁零"一声，有什么东西从碧琪头顶的鬃毛里被甩到了地上。

大家都看呆了，因为那滚出来的不是别的，正是她们心心念念的牢门钥匙！

"嘻嘻！来的时候，那个傻乎乎梦魇跟我一起跳舞，结果就把这个东西掉到我头上了！我刚刚都把这给忘了！"碧琪开心地眨了眨眼。

这下，大家总算能得救了，穗龙拿着钥匙把牢门一一打开了。

这时，原本睡着的梦魇看守——也就是傻乎乎梦魇突然醒了过来。它拦在了牢门的入口处，大声呵斥道："你们别想逃！"

紫悦看着傻乎乎梦魇，忍不住捂着嘴笑了。

云宝笑嘻嘻地问："哎哟，睡得还好吗？"

"我不会让你们逃出去的，我还要等着女王给我奖赏呢！"傻乎乎梦魇拦在门口的手丝毫不放松。

"要我说，你就是个可怜虫！它们都不当你是朋友，你还天天做牛做马的，有意思吗？"苹果嘉儿开始了苦口婆心的劝告。

"为什么要和大家做朋友？有好处吗？"傻乎乎梦魇有些不屑一顾。

"你可真可怜！我看，它们连你叫什么都不知道吧！"苹果嘉儿靠近他，进一步地展开"进攻"。

傻乎乎梦魇想了想，犹豫地说："好像是的……我知道我们的头头叫梦影大人……但是从来没听它喊过我的名字……"

"多可怜呀！连你的名字都不知道，真是可悲。"柔柔听到这儿，同情地摸了摸傻乎乎梦魇的胖脸。

"是啊……不不，不是！友情才没用呢，又不能给我力量。"傻乎乎梦魇跺着脚，似乎要把友情踩在脚下，"你们休想走出我把守的地牢……"

说着说着，傻乎乎梦魇的声音有些不太自信了，因为它看见这五个好朋友的身上正发着五彩的光，那光芒看上去无比强大！

⭐3 月亮公主受伤

月亮上发生的一切，小马谷的小马们并不知道，她们此刻正围着独自回来的月亮公主，焦急地询问着。

"其他的小马呢？"宇宙公主有些惊讶地问道。

"她们……她们被抓了。"月亮公主羞愧地低下头，无力地回答。

"那我的姐姐珍奇怎么样了？"甜心宝宝紧张地走上前，眼睛里似乎盈满了眼泪。

"她……"月亮公主扭过头，她不知道该如何告诉甜心宝宝，她的姐姐已经变成邪恶的梦魇女王了。

苹果丽丽再也等不下去了，她跺了跺蹄子说："宇宙公主，我觉得不能再等了，我们要去帮助我们的姐姐！"

"我知道你们很着急，我也一样。"宇宙公主拍了拍苹果丽丽的背，"但是你们都太小，不能随意行动。"

"我也不会让任何一只小马再冒这种生命危险了！"月亮公主的表情很坚定。

"现在的情况到底怎么样？"宇宙公主与月亮公主并肩走着。

"不太好，梦魇军团正在来小马谷的路上。"

"别担心，妹妹。我们已经做好了战斗准备。"宇宙公主看了月亮公主一眼，示意她静下心来。

宇宙公主和月亮公主带领着小马们在一个旷野上集结，而在她们头顶的天空上，在梦魇珍奇的带领下，梦魇军团正铺天盖地地席卷而来。

一场战役就要打响！

月亮公主望着天空中那轮被黑暗侵蚀

的月亮，脸上露出了不安的神色。

宇宙公主察觉到了月亮公主的不安，轻声问道："妹妹，你还好吗？我们需要集中精神，全力指挥战斗。"

月亮公主摇了摇头，甩走了脸上的不安，神情变得坚毅起来："我没事，我会不惜一切代价保护所有小马！"

"月亮公主，别再浪费时间克服你的恐惧了，加入我们吧！"梦魇珍奇在空中抬起一只蹄子，一道光束朝着地面射了过来，在镇长的旁边击出了一个大坑。

月亮公主坚定地护在了镇长的身前，朝着空中的梦魇珍奇大声喊道："我一定会打败你的！梦魇！"

穿着华丽战袍的梦魇珍奇对月亮公主的决心并不在意，她很快发出了指令："进攻！"

小马和梦魇的战争就这样开始了。小马谷的所有小马都使出了浑身解数，对付着缠人的梦魇。

蛋糕夫妇发起了"蛋糕攻击"和"挡板攻击"，看起来效果还不错。

"看招！这招叫'尊老爱幼无双回旋踢'！"史密夫婆婆也毫不示弱，她站在苹果嘉儿的大哥麦托什的马车上，对着一个肥大梦魇的屁股灵敏地飞起一脚。

"这个名字你是怎么想到的？"麦托什被这一招惊呆了，平时只会说"没错"的他，这下连句子都说出来了。

旷野上打得非常激烈，所有小马都使出了各自的绝招。会魔法的用魔法，没有魔法的用自己最拿手的武器，个个都毫不示弱。

而月亮公主，则向更高处发起了挑战。

"认命吧，月亮公主，我能感受到你的恐惧！"梦魇珍奇看着眼前正朝她直直飞来的月亮公主，轻蔑地劝道。

然而月亮公主并不认输，她更快地扇动着翅膀，朝梦魇珍奇逼近。

突然，梦魇珍奇从角中射出一道强光。

"啊——"强光把月亮公主裹了起来，月亮公主瞬间动弹不得，她在空中痛苦地挣扎起来。

"哼，你就这点儿本事吗？真叫我失望！"梦魇珍奇嘲讽地笑了笑，释放出了更强的魔法光波。

过了一会儿，梦魇珍奇收回了魔法光波，月亮公主便从空中重重地摔在了地上，一动不动地躺着，浑身满是伤痕。

"妹妹！"宇宙公主惊叫着奔到月亮公主的身边，展开翅膀护住了她。

其他小马也纷纷聚集到月亮公主的周围，一边照顾着她，一边加紧防守。

"哎哟，小月亮公主受伤啦？"梦魇珍奇顺了顺鬃毛，假装惊讶地问，"真是搞不懂你们这些愚蠢的小马，她带给你们那么多麻烦，你们还护着她？"

"没错！我们就是要保护她！你管不着！"可爱军团

的成员甜心宝宝站在月亮公主旁边，勇敢地回击道。

　　其他小马也都同仇敌忾地跺了跺蹄子，脸上写满了赞同。

❹ 友谊魔法归来

　　月亮公主半躺在地上，仰着脖子看了看围在她身边保护着她的小马们，泪水从她的眼睛里打着转儿落了下来，她虚弱地开口道："曾经，因为痛苦和愤怒……我变成了梦魇之月。这是我最自责的事，我再也不能重蹈覆辙了……"

　　"你不会的，亲爱的妹妹。"宇宙公主轻轻地抚摸着月亮公主擦伤了的脸颊。

"我们都支持您，月亮公主！"醒目露露也伸出小蹄子，顺了顺月亮公主的鬃毛。

"你是说……支持我吗……"月亮公主的眼睛里闪烁着感激的泪光。

"当然啦，我们都是好朋友呀！"苹果丽丽也走上前来，将她的蹄子搭在了月亮公主的蹄子上，脸上绽放着暖融融的笑，"小马谷的每一只小马都是好朋友呀！"

月亮公主被大家的爱感动了，她艰难地抬起蹄子，从地上挣扎着站了起来："有你们陪着我，我再也不会害怕了！"

"尽管放心吧！"史密夫婆婆也从战斗中走了过来，安慰地拍了拍月亮公主的背，"我们是家人，就要一起渡过难关！"

月亮公主费力地站了起来，然后向所有小马深深鞠了一躬，感激地说道："感谢大家原谅了我的过错，我发誓，我绝不会像当初抛弃月亮上的居民那样抛弃你们！我会与小马谷共存亡！"

"相信你自己，月亮，你永远是大家心目中的月亮公主。"宇宙公主温柔地看着自己的妹妹，她能清清楚楚地感觉到，月亮公主的内心已经变得强大起来。

月亮公主重新集中意念，唤醒了月之魔法。在月之魔法的洗礼下，月亮公主重新恢复了昂扬的斗志。魔法洗去了她一身的伤痕，她的身上焕发出无穷的能量。

"小马们！让我们团结起来，打败梦魇！保护我们的小马谷！"月亮公主英姿飒爽地站在队伍的最前端，仰起脖子，号召着所有小马。

所有的小马也都在月亮公主的带领下，昂首挺胸，重新振奋起精神，准备好和梦魇军团大干一场！

不过，这温暖的一幕幕可温暖不了梦

魇珍奇，她看到月亮公主并没有被打倒，内心的怒火熊熊燃烧起来。

"蠢货！都是蠢货！让我来把你们的爱和友谊都毁得干干净净吧！"梦魇珍奇拧着眉头，恨恨地咬着牙，表情非常的狰狞可怕，眼睛里的寒光像要冻住整个小马谷，"你们所爱的一切都会消失，先从那条小龙开始。"

然而这时，史密夫婆婆却发现了别的什么。她用蹄子扶着脑袋，眺望着不远处的天空，自言自语道："哦哟，天上那个腾云驾雾的帅小伙是谁啊？"

史密夫婆婆的话引起了所有小马的注意，大家纷纷随着她的视线望了过去。哎呀！还能是谁，正是梦魇珍奇口口声声要马上消灭掉的穗龙啊！

只见穗龙被傻乎乎梦魇舒舒服服地抱在怀里，从月亮上赶来了小马谷。

"该死的叛徒！"梦魇珍奇怒不可遏，气得浑身不停地抖啊抖，"丢失一条小龙不要紧，我的地牢里还关着五只小马呢！"

空中的穗龙听到这句话，不服气地伸出了小手指摇了摇，大声嚷嚷道："让你看看厉害！杰洛米，快变身！"

傻乎乎梦魇听到穗龙的指令，立刻高速旋转起来，变成了一阵黑云旋风。过了一会儿，旋风逐渐停了下来，原本的黑云也散去了，停留在地面上的不再是那个傻乎乎的梦魇了，而是一个通体淡紫色的生物。他有着两个长长的触角，脖子附近长着鱼一样的鳃，尾巴也像一条放大版的鱼尾巴似的。

"我不再是梦魇了，我的名字叫杰洛米！"傻乎乎梦魇，喔不对，应该说是杰洛米自豪地宣布道。

紧接着，天空中突然划过了五道不同颜色的光束，那五道光束像彩色的流星一样坠落下来。是紫悦她们！

"梦魇珍奇,快把珍奇还给我们!你是赢不了友谊魔法的!"五只小马齐声喊道。

等落到了地上,原本裹在她们身上的光消失了,但是那飘逸的鬃毛上还扬着五彩的魔法光焰。

月亮公主激动地奔向了紫悦她们,惊喜地问道:"你们都没事吧?"

"那是当然!谁能比我们还厉害呀!"云宝得意地撩了撩她头上的鬃毛,动作一如既往的潇洒帅气!

"太好了,我现在需要借助友谊的魔法,净化我的月亮居民。"说完,月亮公主闭起双眼,集中意念施展魔法。只见她的角上渐渐聚集起五只小马的魔法光焰,五道光焰在角的顶端汇聚成耀眼的五彩之光。

"开始净化!"月亮公主低沉的嗓音响起。

那五彩之光起先只是她角上汇聚的一个小点,然后扩展得越来越大,照耀的范围越来越广,最后,整个梦魇军团都被五彩之光笼罩了。只听见"唰"的一声，梦魇军团的成员都变回了他们本来的样子。他们之中，有的长得像放大版的猫头鹰，有的长得像帅气的猎鹰，虽然没有多好看，但是一看就是月亮上的良好居民呀！

都怪梦魇珍奇这个大坏蛋！

5 珍奇苏醒了

梦魇军团已经解决了，现在只要好好收拾一下这个邪恶的梦魇珍奇了。

紫悦、碧琪、苹果嘉儿、云宝还有柔柔，她们五个从不同的方向把梦魇珍奇包围了起来。

"现在只剩下你了，梦魇珍奇。"紫悦抬着蹄子，逼近了梦魇珍奇。

"现在我礼貌地要求你，把珍奇还回来！"苹果嘉儿愤怒地跺了跺蹄子，鼻孔里喷着粗气。

梦魇珍奇微微低着头，目光凶狠地瞪向苹果嘉儿："想得美！这里只有梦魇珍奇女王！"

既然梦魇珍奇不听话，那就只好让她尝尝友谊魔法的威力了。紫悦她们低下头，集中意念，释放出了各自的魔法光束。五道光束牢牢地锁住了梦魇珍奇，让她动弹不得，插翅难逃。

月亮公主找准时机，走近被锁住的梦魇珍奇，将自己的角对准了梦魇珍奇的角，喃喃道："离开这里

吧，梦魇！把珍奇和光明还给我们!"

梦魇珍奇在友谊魔法和月之魔法的双重威力下，无力再挣扎，她痛苦地紧闭着双眼。这时，梦魇珍奇的体内响起了熟悉的声音："是我的朋友来救我了！她们没有忘记我!"

天哪，是被困在梦魇身体里的珍奇的声音！珍奇的意识苏醒了!

"珍奇！太好了！你总算醒了!"云宝一边大声喊道，一边加大力度释放魔法。

"真的是你们吗？我的朋友们，你们没有让别的小马取代我吗?"珍奇的声音听起来很虚弱。

"当然没有！怎么可能呢!"柔柔看着眼前渐渐发生变化的梦魇珍奇，温柔地回答。

梦魇珍奇似乎消失了，大家只看到珍奇蜷缩着，被一团漆黑的烟雾包裹着。

"我以为……我变了样子，你们就不喜欢我了……"珍奇哽咽着，声音也越来越小。

也许是珍奇悲伤的情绪增强了梦魇的力量，那黑烟突然重新变幻，又变回了梦魇珍奇的模样。

"珍奇！"紫悦焦急地看着再次沉睡的珍奇，大声喊着。

可是喊声没起什么作用，梦魇珍奇压住了珍奇的意识，邪笑着回来了。她的黑暗力量似乎变得更强了了，一团一团的黑气从她的身上散发出来。

"哈哈哈哈！现在没有小马能阻止我了！珍奇，跟你的朋友们永别吧！看看我要怎么统治整个小马谷！"

梦魇珍奇动了动身子，一股强大的力量把紫悦她们震开了。她们虚弱地趴在了地上，释放友谊魔法耗费了她们太大的精力。

眼看梦魇珍奇越来越强大，珍奇的意识越来越微弱，大家非常着急，但又不知道该怎么办。

这时，紫悦的脑中灵光一闪。她走到马群中，大声号召起来："小马们，大家听我说！珍奇她最害怕被遗忘，所以我们必须回忆起那些与她在一起的美好时光，唤醒她！"

于是，从紫悦她们开始，每只小马都闭上眼睛，回忆着与珍奇一起的美好时光。

⑥ 回忆里的美好时光

碧琪想起了上次和珍奇一起洗泡泡浴，珍奇的屁股底下冒出了几个泡。她一想到这，又忍不住捂着嘴巴笑起来。

苹果嘉儿想起了有一次在甜苹果园

里，珍奇帮忙做了一个超级精致的鸟窝，她还爬着梯子上了树，把鸟窝架在了树枝上。那棵苹果树上的几只小鸟回来看见有了新窝，别提有多开心了。想到这儿，苹果嘉儿的脸上也挂上了温暖的笑容。

云宝想起了珍奇帮她制作的一件非常拉风的披肩。那件披肩的造型无比酷炫，她穿上以后有好多小马都超级羡慕呢！

柔柔想起了前不久，她邀请珍奇参加她和小动物们的下午茶，珍奇还特意给她的小兔子安吉尔装扮上了精巧的粉色蝴蝶结和蕾丝项圈，她当时惊喜了大半天。

而紫悦的脑海里，回忆起了她最近一次生病的情景。她发烧了，虚弱地躺在床上，而珍奇在一旁细心地帮她敷上了冰块，还煮好了一锅鲜美的汤，说要给她补补身体。"我们爱你。"紫悦幸福地喃喃着。

穗龙捧着红宝石的碎片，也陷入了回忆中。他想起有一回他和珍奇一起去找宝石，他找到了一颗超级漂亮的红宝石，后来他忍住嘴馋，把红宝石送给了珍奇。珍奇当时好激动，对着他的脸蛋就"吧唧"亲了一口。他到现在都还清晰地记得那柔软的一吻。

"你就是我的全世界。"穗龙小声地表白着，"回来吧，珍奇！"

话音刚落，他手心里的红宝石碎片就神奇地合在了一起，那心形的宝石就像穗龙真挚的心，闪耀着巨大的光芒，射在了梦魇珍奇的身上。突然，一道亮光从梦魇珍奇的身体里炸裂开，珍奇便从黑烟的包裹中冲了出来。

"珍奇！"紫悦她们兴奋地挥舞着蹄子。

"朋友们！"珍奇含着泪，扑向了她们，"我太傻了，我不应该相信他们骗我的鬼话。"珍奇紧紧地抱住她的朋友们，眼中

的泪水不受控制地掉了下来。

"我们永远也不会抛弃你的，亲爱的珍奇。"紫悦她们都感动地哭了，她们将蹄子搭在了珍奇的背上，互相搂抱着。

穗龙也流着激动的泪水，挤在了六只小马的中间，亲密地拥抱着他的珍奇。

好朋友们历经千辛万苦，终于团聚了。

月亮又恢复了它洁白纯净的样子，安安静静地挂在了天上。皎洁的月光淡淡地笼罩着小马谷，也笼罩着月亮公主和紫悦她们。

"月亮公主，您很快就能回来吧?"紫悦抬起头，对着空中的月亮公主询问道。

"把这些月球居民安置好以后，我就会回来的。"月亮公主回头望了望她身后黑压压的一片月球居民，转过头笑着回答紫悦。

　　柔柔也在跟她的"小可爱"道别，她小心翼翼地把"小可爱"放进了杰洛米的怀里，柔声请求道："拜托你好好照顾这个小可爱。"

　　"放心吧！我一定每天都帮他梳毛。"杰洛米抱紧"小可爱"，快乐地答应着。

　　月亮公主启程了，月球居民也跟在她身后，前往他们的故乡——月亮。

　　"晚安，小马们！祝你们今晚睡个好觉！"月亮公主一边飞着，一边回头朝地面上的紫悦她们喊道。

　　"放心吧！我们一定会做个好梦的！"小马们朝月亮公主使劲儿挥舞着蹄子道别。

　　月亮公主的身影已经消失不见，只有硕大的月亮洒下了温柔的光辉，照在六只小马和穗龙的身上。她们舒适地坐在山坡上，安静地享受着这一刻的美好。

梦魇确实很可怕，但是一想到身边还有爱你的朋友，即使遇到再可怕的噩梦也一定能醒过来。

珍奇的"相信"友谊箴言

因为彼此是朋友，所以，大家相信我，相信月亮公主。黑漆漆的噩梦中，朋友的挂念和信任，仿佛是光，照亮了苏醒的路。我一定要好好地拥抱大家，谢谢他们从来不抛弃我！

永远不说再见

⭐1 突如其来的地震

"啊啊啊，我是帅气的穗龙——"

小马谷的图书馆里，穗龙哼着歌，快乐地整理着书柜。紫悦则同往常一样，安静地坐在书桌前，专心致志地读书。

一派安静祥和中，突然，桌面的水杯晃动起来，平静的水面泛起一圈圈涟漪。

这晃动越来越厉害，堆得高高的书山"唰啦啦"地倒下来，穗龙崩溃地大叫："我好不容易整理好的书啊！全都倒了！"

"怎么回事？"震动越来越剧烈，紫悦拼命抓着地板，稳住身体，"有地震?"

"我怎么知道!"穗龙哭丧着脸，拼命抢救着四处飞舞的书本。整个图书馆像被挠到了胳肢窝似的，疯狂地颤抖着。

"紫悦! 紫悦!"这阵疯狂震动的始作俑者终于现出了原形。只见碧琪像暴风一样迅疾地"刮"进来，把地面踏得"咣咣"响。

"紫悦啊!"随着一声巨响，碧琪撞翻了楼梯上的穗龙，又"咕噜噜"滚下来砸在紫悦身上。

"我中了! 我中了!"碧琪兴奋地大嚷大叫，都忘记要从紫悦的身上爬起来了。

"你中了什么?"可怜的紫悦被她压在身下，才说出一句话，就被一骨碌爬起来的碧琪抓住肩，疯狂地摇晃起来。

"我跟你说啊你知道吗马蹄可乐公司最

近在做开瓶有奖活动我买了三百瓶可是一瓶没中但是
——"碧琪停下来深吸了一口气，"第三百零一瓶，我终
于——"

突然，碧琪放开紫悦手舞足蹈起来："——中奖啦！"

紫悦愣了好一会儿，才搞清楚碧琪刚刚这番话是什
么意思，她清了清嗓子，冷静地发问："那奖品是什么
呀，碧琪？"

"门票啊！奖品是明晚的表演门票！"碧琪激动得满
地打转，紧紧握住紫悦的前蹄，发出了邀请，"和我一起
去看吧！紫悦！"

紫悦都快被碧琪搞糊涂了，她非常镇定地点了点
头："呃，谢谢你！不过，是什么表演啊？"

一听到这个问题，碧琪的眼睛瞪得滚圆，她夸张地
张大了嘴巴："天哪！你不知道吗？那可是整个小马利亚
最最最好的小丑的表演！"

2 了不起的阿奇

第二天晚上，紫悦被兴奋不已的碧琪一路不停地科普着这个"小马利亚最最最好的小丑"。

"知道吗？他可是我的偶像！"碧琪的两只眼睛都变成了心形，"他讲过的笑话，比你吃过的干草还多！"

现在的碧琪完全就是个狂热的粉丝，差点连这位小丑的名字都忘记介绍了。

紫悦抬头看了看远处闪着七彩光芒的小丑表演招牌，一个字一个字地读出来："小马阿奇，就是他吗？瞧你这么激动的样子，他应该很搞笑吧？"

"何止'很'搞笑啊？"碧琪再度尖叫起来，"你想得也太简单了！你知道吗，小马阿奇曾经把月亮公主逗到翅膀都笑抽筋了！想起他讲的笑话，我的蹄子也抽筋了！"说着，她剧烈地抖动着自己的蹄子。

"喂，你冷静点。"紫悦连忙替她按摩抽搐的前蹄。

碧琪又在脑袋上比画出王冠的样子："狮鹫国王也称他为'笑话大王阿奇'，笑话大王哦！"

"听起来很了不起。"紫悦点点头。

"可不是嘛！而且，他用一只橡皮鸭子就打败了他的对手星座熊！把人家逗得跪地求饶！"碧琪激动得唾沫星子满天飞。

"听起来，你好像很喜欢小马阿奇。"一个陌生的声音突然插嘴。

碧琪她们回头看过去，原来是一位黄马先生，他微微有些秃顶，正神情沮丧地坐在桌边喝东西。

听到小马阿奇的话题，碧琪立刻跑过去，热情地同这位陌生的黄马先生攀谈起来："我超超超爱小马阿奇！他的每场演出我都研究过，我还有他所有的笑话书呢！"

"哦。"黄马先生的态度很冷漠。可兴头上来的碧琪是不会被这种冷漠态度吓退的，她掏出一个小丑布偶，得意地炫耀起来："看，我还有个会说话的阿奇布偶。"她用力捏了捏布偶，阿奇布偶就说起话来："咔嚓！啊哈，嘿嘿，准备哈哈大笑吧！"

别说，它腔调奇怪的声音还真的挺好笑的。紫悦已经捂着嘴偷笑起来。可黄马

先生的脸上却一点笑容也没有，他端起杯子一饮而尽，重重地叹了口气，看起来真的很不开心。

紫悦担心地看着他，问道："先生，你也是来这里看表演的吗？"

"不。"黄马先生摇了摇头，说完，他又深深地叹了口气，"唉，就算是小马阿奇也没法让我笑出来。"

"这是什么意思，你遇到什么事情了吗？"紫悦正想询问一番，碧琪却大声尖叫着打断了她："什么？不！这绝不可能！"她情绪激动地嚷着，"所有的小马都喜欢他！不管是谁都会被他逗笑！"

说着，碧琪将自己的门票掏了出来，一个劲地往黄马先生手里塞："我的票送给你，我保证，小马阿奇的表演可以让你高兴起来，让你笑得肚皮都疼！"

碧琪一向是只热心的小马，为了让这位沮丧的先生高兴起来，她甚至愿意送出自己珍贵的门票。可黄马先生却一点也不领情："非常感谢你的好意，但是不用了，我先走了。"说着，他从桌边站起来，飞快地消失在茫茫夜色中。

"怎么能这样呢，他真的应该去看看小马阿奇的。"碧琪噘着嘴巴，遗憾极了。

紫悦安慰她："别难过，他可能还有工作要忙。我们快走吧，表演就要开始了。"

"唉，好吧。"碧琪点了点头，抓起自己的阿奇布偶，跟紫悦一起跑向了表演会场。

3 精彩的表演

"大马小马们，欢迎光临！全小马利亚

最能逗乐的表演艺术家——小马阿奇就要登场啦！让我们掌声欢迎！"

紫悦和碧琪跑进会场时，主持人正在华丽的舞台上宣布表演开始，她们赶得刚刚巧。

随着"砰"的一声巨响，华丽又可爱的小丑带着炸裂的七色彩带现身台上。

"啊哈！嘿嘿！准备哈哈大笑吧！"

小马阿奇一会儿在秋千上表演精彩的杂技，一会儿又"噼里啪啦"地吹着喇叭打着鼓，不一会儿，现场气氛就像糖炒栗子一样，热气腾腾。

好玩的笑话一个接一个，精彩的魔术一个连一个，紫悦不光肚子笑疼了，眼睛也不够用啦！

"他的表演真棒！哈哈哈哈！"演出结束，紫悦擦着眼角笑出来的泪花，一个劲地称赞着，"你说得太对了，小马阿奇超级厉害！"

"那当然啦！他可是小马阿奇啊！"碧琪一个劲地为偶像鼓掌。

正说着，碧琪抓起紫悦就往外跑："快！我们现在就去后台见他吧！"

"哇，还可以去后台吗？"紫悦好奇地问，"观众能去后台吗？"

"嘿嘿，这就是中大奖的好处！我们拿的可是贵宾票！"碧琪得意地挥舞着门票，说着竟然还颤抖了起来，"紫悦，快抱紧我，我幸福得快要昏过去了，我竟然要见到我的偶像了！"

"是是是。"紫悦安慰着她，"镇定一些，你可要在偶像面前好好表现。"

"我会的！"碧琪掏出阿奇布偶兴奋地挥舞着，"啊，我马上要见到小马阿奇了！"

当她们赶到后台时，小马阿奇正趴在

洗脸池前洗脸卸妆。

"小马阿奇先生，能、能给我们签个名吗？"碧琪兴奋得说话都结巴了。

"哦，好的。"下了舞台，小马阿奇的声音听起来非常平易近人，"稍等，我得先卸妆。"

"这个声音怎么有点耳熟。"紫悦正回忆着自己在哪听见过这个声音，卸完妆的小马阿奇已经从洗脸池前抬起了头。

"啊啊啊——"碧琪和紫悦齐声大叫起来。

"天哪！你不是开演前和我们聊天的那位黄马先生吗？"紫悦惊奇地说。

"所以……"碧琪更是激动得上气不接下气，"所以……你就是小马阿奇？"

黄马先生点了点头。

⭐4 欢乐与悲哀

"怪不得你说小马阿奇没法逗笑你，原来你自己就是小马阿奇。"紫悦这才明白了那句话的意思。

"是的。"小马阿奇点了点头。

"哎，"碧琪奇怪地看着小马阿奇，"你看起来好沮丧啊，为什么呢？你可是整个小马利亚最厉害的小丑啊，你怎么会不高兴呢？"

小马阿奇脱掉了身上的小丑服，变回了原本的黄马模样："请问你的名字是？"

"我叫碧琪，碧琪的碧，碧琪的琪。"碧琪赶忙回答。

"哦，碧琪。"小马阿奇摸了摸自己微秃的脑门，"知道吗碧琪，我做小丑已经很久很久了。我第一次踩球的时候，你大概还没出生呢！"

"哇！"碧琪的眼神里顿时充满敬佩。

小马阿奇满脸沮丧地坐下来，陷入了对往事的回忆："曾经，我走过一个又一个小镇，参加了一个又一个表演。当然，我很喜欢自己的工作，也喜欢逗大家开心。不过，这些做起来其实很累。而我，瞧瞧我的头顶，我已经不年轻了，体能也大不如前了。"他甩了甩蹄子，疲惫地叹着气。

小马阿奇的表情变得悲哀起来："让小马们欢笑一直是我的梦想。我的可爱标志也是小丑符号。可是，就算是年轻小马，一直这样表演也很累，何况我已经不年轻了。所以，我只能退休了。"

"你要退休？"紫悦感到很遗憾，她才第一次见到这样精彩的小丑表演，却再也见不到了。碧琪更是吃惊得嘴巴里能塞进一整个杂耍球。

"我老了，已经不能像从前那样表演了。其实，我打算演完这一场就退休。"小马阿奇点了点头，将自己涂成七彩的尾巴在水里清洗干净。

"啊——"碧琪失望地垂着脑袋，沮丧极了，"可是，可是，你是我最最最喜欢的小丑啊，我不希望你退休。我现在好伤心，只有小马阿奇的表演才能让我重新高兴起来。"

小马阿奇慈爱地抚摸着碧琪的脑袋："很高兴你喜欢我，我也希望能给你们带来快乐。但是，每个演员都有退场的那一天，对于我来说，这一天已经到来了。"他的话说得有些深奥，碧琪一时无法理解，只能眼睁睁地看着小马阿奇带着他的表演箱子，慢慢走远，消失在夜色中。

泪水从碧琪的眼中流出，她悲伤地握紧了手中的阿奇玩偶。

"嗨，蜜蜂用什么整理自己的发型？哈哈，用蜂蜡！"阿奇玩偶用滑稽的声音讲了个笑话。

碧琪抹着眼泪："谢谢你，小马阿奇玩偶，谢谢你，永远都会逗我笑！"

可是现在，她真的笑不出来了。

⑤ 伤心的碧琪

"碧琪，我知道，小马阿奇退休对你的打击真的很大，但是我今天还得买很多东西。"紫悦催促着正无精打采地躺在购物车上的碧琪。

"唉，"碧琪叹了口气，继续把自己平摊在购物车上，"你就别管我了，尽管把要买的东西堆在我身上吧……我现在简直是生不如死，生无可恋。"

"可是你非要躺在车上吗？"穗龙不满地看着碧琪。今天，穗龙负责拖购物车，碧琪躺在上面可真是给他增加了很大的工作量。

"啊啊啊，你能不能不要管我，就让我躺着吧！让我躺到天荒地老！小马阿奇的退休已经够让我心塞了，我要怎么活在一个没有阿奇的世界？"碧琪哭丧着脸，躺在土豆和洋葱里不停地哀号着。

这样可没法安心购物了。紫悦只好停下来开解碧琪："我觉得你有点反应过度了。小马阿奇只是退休，又不是永远都不回来了。"

"有什么区别吗？"碧琪的嘴巴气得快翘到天上去了，"退休的小丑就不是小丑

了！他怎么能突然放弃自己的工作呢？"

"他不是说了吗，他老了，演了一辈子小丑很累。也许他自己也不想退休，可是，他真的演不下去了。"紫悦摇了摇头，挑选了一些鲜嫩的胡萝卜放到车上，"身为一名粉丝，你应该替他想想的。"

碧琪把头埋进胡萝卜里，嘟囔着："但是……但是……你根本不明白，他激励了多少代小马，这样突然退休，他怎么对得起自己的粉丝呢？"

"碧琪，"理智的紫悦劝说着她，"这是小马阿奇自己的生活，不是由粉丝决定的，他一定有他的苦衷，作为粉丝，你应该接受他的决定。"

紫悦读过那么多那么多的书，她说的道理听起来非常正确。可是对于碧琪来说，怎么能做到如此理性呢？小马阿奇竟然要退休，一想到这件事，她的心都要碎成八瓣了。

　　"对，不，不对，不，对。"碧琪抱着土豆哀怨地反复嘟囔着，"不行不行，我觉得这事肯定有哪里不对！"

　　"你应该尊重小马阿奇的选择。"紫悦冷静地挑选了一个滚圆的西瓜，放到车上。

　　这会儿，碧琪被购物车里堆积如山的水果和蔬菜整个儿埋不见了。"嗯。"她伤心的声音从"小山"下传来，"我多希望我能说服他继续演下去呀……"

　　"好好好。"拉着越来越沉重的购物车，穗龙朝天翻了个白眼，"那你为什么不去试一下呢？行行好吧，别赖在购物车上了！"一整车水果蔬菜再加上一个沉甸甸的碧琪，可把拉车的穗龙累坏了。

　　"天哪！"瓜果山突然剧烈颤抖起来，"哗啦啦"，山崩地裂，土豆、番茄和苹果纷纷滚落下来，碧琪从"山"底"噌"地跳起，抓住穗龙狂热地晃着，"你说得太对啦！穗龙，

你真是个天才！"

"啊，啊，你晃得我头晕，快住手。"穗龙晕头转向地想，他说了什么吗？可是碧琪没给他任何解释，就跳下购物车冲着紫悦兴奋地大喊："紫悦，你有几盒发光粉？"

那是什么东西？紫悦根本没听说过，她如实答道："一盒都没有。"

兴奋的碧琪根本没在听紫悦的回答，一边飞奔而去，一边还大喊着："全部借给我，我要用！"

"我说了，我一盒也没有啊！"紫悦不解地歪过头，可是碧琪已经撒开蹄子跑出去很远了，只留下了一片卷起的灰尘。

"我看她是疯了。"穗龙摊了摊手，"她伤心过头，发疯了。"

"不。"紫悦却盯着碧琪消失的方向摇了摇头，"我觉得，碧琪也许想到了什么好主意呢。"

⑥ 给阿奇的信

"嘿哟。"小马阿奇将最后一件演出道具收拾进箱子。虽说是打算退休，可这要收拾的东西真不少，大大小小地塞满了好多个箱子。

"唉。"他叹了口气。真是年纪大了，光是收拾这些箱子，他就累得直喘气了。不服老不行啊！他想着，坐下来捶起了酸痛的肩膀。

"小马阿奇先生的信到了！"

他都已经退休了，谁还会给他写信呢？阿奇将信将疑地收下了信。不知道为什么，他总觉得这位送信的邮递员小马看

起来有些眼熟。

　　来不及多想，小马阿奇展开信件阅读起来。上面却只有一行简单的字——"看这边"。字的下面还画着一个大大的箭头。

　　他顺着箭头的方向往旁边看过去。不知何时，那里出现了一只粉红色的箱子，上面写着大大的"惊喜"两个字。

　　这是什么？他好奇地走过去，刚刚靠近，那只箱子便突然"砰"地炸开了。

　　就像他曾在舞台上表演的那样，七色彩带飞舞在空中。一只小马从飞舞的彩带中跳出来，还"滴滴滴滴"地吹着纸喇叭。

　　伴随着欢快的音

乐，那只小马高声唱起了歌："嘿，小马阿奇你为何忧伤？你觉得自己老了，所以要退休——"

小马阿奇认出了这只唱歌的小马，原来是她，那只来看了他最后一场演出的小马。"碧琪。"他轻声念出了她的名字。

碧琪一会儿玩着杂耍，一会儿又踩起了球，她高高兴兴地继续唱着："啊，小马阿奇，不要失望不要伤心，今天我会变成小丑逗你笑！小马阿奇的杂技全国闻名，他会飞刀喷火和爬墙！他的笑话人人皆知！"

不一会儿，她又驯起兽来，把小鞭子挥得啪啪响。

这些都是小马阿奇曾经在舞台上表演过的节目。碧琪还真是个不折不扣的大粉丝，记得那么多的细节。

小马阿奇的眼眶有些湿润了，这时，他看到了坐在风琴旁，为碧琪伴奏的紫悦。

"你也是来劝我不要退休的？"他问道。

"不，我只是负责道具和背景音乐。"紫悦朝碧琪眨了眨眼睛，"她才是策划这一切的大粉丝。"

"嘿！"碧琪一边唱一边围着小马阿奇旋转起来，"**穿上你的服装画上妆，我们需要你继续带来欢笑。直到落幕前都不要停歇！小马阿奇，笑起来！**"

碧琪转了那么多圈，等到唱完最后一句歌词，摆好帅气的结束动作时，她已经累得快要站不住了。她深呼吸了好几次，才把腿和胳膊摆到最完美的位置。

这时，她看到小马阿奇的脸上露出了久违的笑容。

啊，太棒了！碧琪激动地想，这个计划成功啦！

"所以，你还会退休吗？"她欢快地问。

"当然。"小马阿奇笑着点了点头，"我要退休。"

"啊——"碧琪惨叫起来，她的脸都发青了。不，她肯定是听错了。她大张着嘴拼命地说服自己。她累成这个样子，辛辛苦苦把他逗笑了，他怎么还要退休呢？

"我很抱歉，但是我必须退休了。"小马阿奇又把自己退休的决定重复了一遍，"不过我觉得，碧琪你又唱又跳的，挺适合做这行的。

这不科学！

这会儿，碧琪简直僵得像个木乃伊，别说唱歌了，她连一句话都说不出来了。

7 碧琪的新想法

小马阿奇笑眯眯地摆弄起碧琪刚刚表演的道具，他先是敲了敲碧琪踩的球："这个球，你应该再把气打足一些，这样踩上去更好控制。"

"这个是第二代礼炮吧！"他看了看礼

炮黑洞洞的炮口，十分内行地说，"如果用两袋彩粉加一袋纸屑，可以喷得更远！"

不愧是小马阿奇，打眼一瞧，就提出了好多专业的建议。

说着说着，他的兴致越来越高："音乐不错，如果能加入更多乐器就更好了。歌词嘛，有点不够押韵。哦对了，你试过化妆吗？在脸上多涂几种颜色的话效果会更好哦！"

听着小马阿奇喋喋不休地一路说下去，碧琪的眼睛越来越亮了，她突然有了个好主意！

"我想到了！"她跳起来，兴奋地说，"你退休了！没关系！没问题！"

"啊？"

碧琪的态度怎么突然来了个大反转？小马阿奇和紫悦都十分不解。

"你可以退休，然后去训练新的小丑啊！"碧琪开心地摇着尾巴，"你刚才给我提了那么多建议，肯定也能帮助其他小丑呈现更棒的演出！你可是小马阿奇啊！"

"这样一来，我既不用离开舞台，也不必每天表演了。"小马阿奇想了想，点了点头，"好主意！"

"没错，而且世界上会有更多有意思的小丑。"紫悦也觉得这是个很棒的主意。

"你将永远影响这个舞台！"碧琪激动地说。

"太棒了！"这下，他们三个都开心了起来。

8　小马阿奇的学校

小马阿奇的小丑学校很快红红火火地

开张了。

紫悦和碧琪慕名去参观时，小马阿奇正在给一大群学生指点一项重要的杂技——"扔奶油"。

"让我来看看你们扔得怎么样。蛋羹扔得不错，特罗扔得太靠右了！下次把蹄子抬高点！"

老师模样的小马阿奇大声指导着每个学生，可谓是精神十足。

"他看起来很开心呢！"紫悦笑眯眯地说。

"那当然，他可是我的偶像小马阿奇呀！"碧琪的眼睛里闪烁着星星，"大家都争着来向他学习，学校办得超级成功！"

"可是——"紫悦疑惑地看着碧琪，"你为什么不报名呢？小马阿奇一定很乐意教你。"

"啊哈哈。"碧琪笑着抓了抓脑袋，"我就不用了，因为，我已经从他身上学到了足够多的东西！"

　　紫悦不解地看着她，碧琪什么时候跟小马阿奇学习过了？

　　碧琪却神秘地眨了眨眼睛。

　　原来，她已经悄悄地将自己的"学习成果"写在给宇宙公主的信里了——

　　"尊敬的宇宙公主：

　　　　今天我发现，即使你在一个岗位上工作了很久，也终究会有离开的那一天。

　　　　但是，你可以找到另一种方法，继续你所热爱的事业。只要你真的想做一件事，你总会有办法完成它！

　　　　能够帮助小马阿奇延续他的梦想，我感到非常荣幸。有时候，帮助其他小马完成梦想会让我觉得比自己完成梦想还要开心！"

　　是的，这就是碧琪从小马阿奇身上学到的最重要的东西。

　　碧琪笑眯眯地甩了甩尾巴，朝着远方走去。

碧琪的"喜欢"友谊箴言

　　做自己喜欢的事，一定是世界上最大的幸福了！不过，要坚持自己的爱好，却不止一个方法。换一个方法，说不定能把快乐带给更多的人，这不是很好吗？

一起来创造你的小马王国！

　　你喜欢故事中这些小马吗？喜欢博学聪明的紫悦？爽朗帅气的苹果嘉儿？时尚美丽的珍奇？温柔贴心的柔柔？可爱大方的云宝？还是神经兮兮的碧琪？又或者，是个性十足的众多配角？

　　请尽情释放你的喜爱，创作属于你的小马故事！

　　小马宝莉系列欢迎你的投稿！写作要求很简单：

　　1. 以小马宝莉中的角色为主角；

　　2. 不脱离原作角色性格，符合小马利亚的场景设定；

　　3. 最好是饱含想象力的幻想故事；

　　4. 写明自己的姓名、联系地址、邮编及电话。

　　请将作品投到：hysxinxiang@126.com

　　你的作品将有机会刊登在小马宝莉的相关图书上！

　　还等什么？加入小马宝莉的队伍，在小马利亚欢乐地飞翔吧！

图字 11-2016-320 号
图书在版编目（CIP）数据

入侵的黑暗梦魇/美国孩之宝著;伍美珍儿童文学工作
室改编.—杭州:浙江少年儿童出版社,2016.11
（小马宝莉之友谊就是魔法）
ISBN 978-7-5342-9694-9

Ⅰ.①入… Ⅱ.①美…②伍… Ⅲ.①儿童小说-中篇
小说-小说集-美国-现代 Ⅳ.①I712.84

中国版本图书馆 CIP 数据核字(2016)第 252855 号

小马宝莉之友谊就是魔法

入侵的黑暗梦魇
RUQIN DE HEIAN MENGYAN

[美]孩之宝/著

伍美珍儿童文学工作室/改编

责任编辑　刘蕊
文字编辑　金超
美术编辑　吴珩　柳红夏
责任校对　冯季庆
责任印制　吕鑫

浙江少年儿童出版社出版发行
（杭州市天目山路 40 号）
杭州富春印务有限公司印刷
全国各地新华书店经销
开本 880mm×1300mm　1/32
印张 5.375　彩页 5
字数 57000　印数 1—30120
2016 年 11 月第 1 版
2016 年 11 月第 1 次印刷
ISBN 978-7-5342-9694-9
定价：19.80 元
（如有印装质量问题,影响阅读,请与承印厂联系调换）